光文社文庫

文庫書下ろし

菊花ひらく

日本橋牡丹堂　菓子ばなし(十)

中島久枝

光　文　社

この作品は光文社文庫のために書下ろされました。

目次

異国の風にときめく甘さ

一

百日紅《さるすべり》が群れて咲いている。暦の上では秋を迎えたが、暑い日が続く。

「小萩庵《こはぎあん》はこちらですかな？　客の求めに応じて菓子を考案してくれると聞いたのだが」

牡丹堂《ぼたんどう》にやって来たお客がたずねた。町人髷《ちょうにんまげ》を結《ゆ》った中年の、やせて背の高い男だった。目を引いたのは、男が黒縁の眼鏡《めがね》をかけていたことだった。

「はい。さようでございます。なにか、お考えのものがございますでしょうか」

小萩《こはぎ》は男を奥の三畳に案内した。もともとは、おかみであったお福《ふく》がお馴染《なじ》みさんとおしゃべりをする部屋だったが、今はもっぱら小萩が使わせてもらっている。

「あなたは……」

「改めてご挨拶をさせていただきます。私は小萩庵の小萩と申します。こちらではお客様とご相談し、菓子を調製いたします。菓子をつくるのは牡丹堂の職人たちで、私も加わります」

「ほうほう、なるほど、あなたがね。話に聞いた通り、お若い菓子屋さんだ」

男に言われて小萩は頬を染めた。

伊佐《いさ》と祝言《しゅうげん》をあげたのが春。丸髷《まるまげ》に結って新妻になった。そのことに、やっと少し慣れてきた。

「……あの、どういうご用向きで、どなたが召し上がるのか、そうしたことをお聞かせいただければと思います」

男は深川《ふかがわ》の材木商、田丸屋《たまるや》の主《あるじ》、孟次郎《もうじろう》と名乗った。

年は三十半ばか。眼鏡をかけるのはかなりの金持ちである。たしかに藍色の縞《しま》の着物は上等の紬《つむぎ》で、蔦《つた》のような模様がはいった帯は南方の更紗《さらさ》の帯であろう。手にした煙管《キセル》の吸い口は銀で、煙草《たばこ》入れは金唐皮《きんからかわ》で象牙の根付《ねつけ》がついている。相当の分限者《ぶげんしゃ》に違いない。

「じつは、反射式のぞき眼鏡を手に入れましてね。十日ほどのちに、お披露目《ひろめ》の会をしますので、そこで振舞う菓子をつくっていただきたいのです」

「反射式のぞき眼鏡……、でございますか」

初めて聞く名前だ。

「紅毛鏡《こうもうきょう》とも言われているものでね、上下を逆さまに置いた絵を鏡に映して、それを眼鏡で見るんです。とても、めずらしいものでね、以前から欲しいと思っていたのですが、機会に恵まれて、やっと手に入れることができたんですよ」

孟次郎は楽しそうに語るが、小萩にはどういうものか、さっぱりわからない。

「その反射式……、のぞき……」

「反射式のぞき眼鏡です」

「失礼をいたしました。その反射式のぞき眼鏡はどういうものでございますか」

「ここに、こう絵を反対向きに置きましてね、こちらをのぞくと絵が正面にあるように見えるんですよ」

それのどこがおもしろいのか。小萩は孟次郎の顔をながめた。

「私は昔から、阿蘭陀物《おらんだもの》が大好きでね、以前からいろいろと集めていたんです。あなた、阿蘭陀という国がどこにあるかご存知ですか？」

「申し訳ありません。海の向こうというぐらいしか……」

「いやいや、たいていの人がご存知なのはその程度なんですよ。阿蘭陀はね、海をいくつも越えた向こうの欧羅巴《よーろっぱ》にある」

遠くを見る目になった。

寛永《かんえい》十六年（1639）、江戸幕府はキリスト教禁止と封建制度維持のため、阿蘭陀、清国《しんこく》、朝鮮を除く外国との通交を禁止した。もう二百年も前のことである。阿蘭陀人がいるのは長崎の出島《でじま》だけだ。だから、小萩は外国人というものを見たことがない。欧羅巴という地名も初めて聞く。

「林次左衛門《はやしじざえもん》が描いた『万国総図《ばんこくそうず》』というものがありましてね。私はそれを見て驚いた。心をつかまれてしまった。そこにはね、世界の地図とそれぞれの国の人々の服装が表されているんですよ」

孟次郎は目を輝かせた。

「阿蘭陀さんは、ずいぶん変わった格好をしていると思っていましたが、そんなもんじゃないんですよ。着ている服も違えば、話す言葉も異なる。文字だって縦じゃなくて横に書く。それが美しいんですよ。海の向こうにはどういう町があって、どんな人が住んでいるのか、考えていると一日飽きない。わくわくします」

「それは、きっと興味深いことでしょうねぇ」

「ええ。しかし世の中には、私と同じように考える人がたくさんいるんです。そういう人と友達になって勉強会を開いている。私はなんでも集めたいほうですけれど、船が好きで船のことばかり調べている人もいる。食べ物が知りたいという人もいるし、言葉を覚えて本を読みたいという人もいる」

それはもう、楽しくて仕方がないという様子で話が止まらない。

「その人によるとね、歌留多《かるた》なんていうのも本来は葡萄牙語《ぽるとがる》で、かの国の遊びが伝わったんだそうだ。料理に使うポン酢も。あなたは珈琲《かひい》を飲んだことがありますか」

「はい。以前、珈琲に合う菓子をというご注文をいただきまして、その折、みんなで飲んでみました」

「どうでした？」

小萩の顔をのぞきこむ。

「とても香りがよかったです。苦かったので、砂糖を入れていただきました」

孟次郎はうんうんとうなずく。

「そうなんだ。あの香りがたまらない。苦いところがまた、いいんだ。そのときの菓子はどのようなものでしたか？」

「卵の黄身《きみ》を砂糖蜜にくぐらせたものです」

「なるほど、なるほど……。聞いたことがある。食べ物好きの仲間がいると申しましたでしょ。その男が教えてくれた。山野辺藩《やまのべはん》……。たしかそうだ。ご当主が珈琲に興味を持たれ、菓子も誂《あつら》えた。すばらしい菓子だったそうじゃないですか。うん。……しかし、今回はもう少し違ったものがいいかな。やはり、お披露目だから、菓子も本邦初というものがいい。できれば、その……、食べ物好きを驚かせてやりたい」

阿蘭陀風で、しかも本邦初、食べ物に詳しそうな仲間を驚かせたい。なんだか、ずいぶんと難しい依頼である。

「そうだ、いつでもいいですから、一度、私のところをたずねて来てくださいよ。反射式のぞき眼鏡を特別にお見せしましょう」

そう言うと、孟次郎は待たせていた駕籠《かご》に乗り、機嫌よく帰っていった。

花の大江戸、日本橋《にほんばし》。北の橋詰めには一日千両が動くという魚河岸があり、駿河町通《するがちようどお》りには天下の豪商三井越後屋《みついえちごや》ののれんがはためいている。人でにぎわう大通りの角を入った浮世小路《うきよこうじ》。その中ほどに二十一屋《にじゆういちや》という菓子屋がある。菓子屋《くわしや》（九四八）だから足して二十一という洒落《しやれ》で、のれんに牡丹の花を白く染めぬいているので牡丹堂と呼ぶ人もいる。大きな見世《みせ》とはいえないが、粒あんをやわらかな皮で包んだ大福から、茶人《さじん》の好みの美しい彩りの季節の生菓子まで、どの菓子もおいしくて美しい。

二十一屋の主で親方を務めるのは徹次《てつじ》。職人は、徹次の息子の幹太《かんた》、そのほかに留助《とめすけ》、そしてこの春、小萩と祝言をあげた伊佐。加えて見習いの清吉《せいきち》、見世と奥の手伝いの須美《すみ》。室町《むろまち》の隠居所には二十一屋をはじめた弥兵衛《やへえ》とその女房のお福がいる。

小萩が仕事場に顔を出すと、あんを煉《ね》っていた徹次が声をかけた。

「今のお客はどういう用件だって？」

「深川の田丸屋さんという材木屋のご主人です。阿蘭陀好きで、新しく手に入れた反射式のぞき眼鏡のお披露目をするので、その時のお菓子をつくってほしいということです」

「なんだ、その反射式……なんとかってやつは？」

伊佐が生菓子をつくる手を休めずにたずねた。

「上下逆さまに置いた絵を眼鏡で見る仕掛けだそうで、とても珍しいものだそうです」

「そのどこが、面白いんだ？」

どら焼きの皮を焼きながら留助が首をかしげる。留助は小萩と同じことを思っている。

「お客さんからは、お見せするから、一度、来てくださいと言われました」

「深川だろ。結構、遠いな」

徹次が言う。小萩庵のお客の多くは日本橋界隈だ。

「茅場町《かやばちょう》を通って永代橋《えいたいばし》を渡ってまっつぐだよ。おはぎ、俺もついて行ってやるよ」

面白そうな話とみたのか、すかさず幹太がのってくる。幹太は祝言をあげた今も、おはぎと呼ぶ。

それでさっそく小萩と幹太は孟次郎の元をたずねることにした。

日盛りの中、幹太と二人で深川まで向かう。

「楽しみだな。反射式のぞき眼鏡ってどういうものなんだろうなぁ」

「幹太さんは、興味あるんだ」

「なんで、どうして、おはぎは興味ないの？　面白そうじゃないか。あの人、黒縁の眼鏡をかけていたじゃないか。すごいよな。眼鏡をかけると、見えないものが見えるんだぜ」

「私は目は悪くないから」

「そういうことじゃなくってさぁ」

幹太は以前、浅草《あさくさ》で見たギヤマン（硝子《がらす》）細工の見世物のことを話し出した。

「ギヤマンの船に木の人形がおいてあって、ぜんまい仕掛けで動くんだ。その船が大きくて立派で、細かいところまで本物そっくりなんだってさ。あんときは、じいちゃんに連れていってもらったんだな。ギヤマンは高いから、それだけでも相当な値打ちもんだって、じいちゃんが驚いていた」

じいちゃんとは隠居の弥兵衛のことである。

「おはぎも見たら、きっとびっくりするぜ。こっちの船とは全然違うんだ。ああ、俺は一度でいいから、本物の阿蘭陀船を見てみたいな。すごいんだろうなぁ」

幹太は先ほどの孟次郎と同じ顔をしている。

田丸屋は深川富岡八幡宮《とみおかはちまんぐう》の南側、大横川《おおよこかわ》のそばにあった。大きな立派な構えの見世で、目の前の掘り割にはたくさんの材木が浮かんでいる。勝手口で声をかけると、女中が出て来た。日本橋の小萩庵から来たと伝えると、すぐに中に通された。

「おや、さっそく、お越しくださったか。お二人でね。もしかして、若旦那？　分かりますよ、お顔を見れば。ちょうどよかった。今、取り出してみようかなと思っていたところなんですよ」

孟次郎がうれしそうな顔で現れた。

廊下を通って見世の裏手の住まいに行く。

「今、取って来ますからね。そこに座って待っていてくださいよ」

襖《ふすま》を開けてそう言いおいて、そのまま奥に行ってしまった。立派な座敷に驚きながら、おずおずと中に入ると、隅の方に若い女が座っていた。

女は軽く会釈をした。

年は十五にも、二十歳《はたち》過ぎにも見えた。銀杏《いちょう》返しに髪を結い、白に藍で蔦のような模様を描いた着物を着て隅に座っている。

銀杏返しだから玄人筋《くろうとすじ》だ。陶器のような白い清潔な首筋で、目と目の間が少し離れていて、長いまつげが影をつくっていた。なぜか小萩は金魚を思い出した。金魚鉢の中で尾っぽをゆらゆらと揺らす、美しい金魚だ。

しばらく待っていると、孟次郎が腕に重そうな器具を抱えてやって来た。

「ああ、お待たせしましたね。これが反射式のぞき眼鏡、紅毛鏡とも呼ばれるものです」

孟次郎は反射式のぞき眼鏡を大事そうに畳におき、絵を広げた。

反射式のぞき眼鏡は鏡台の親戚、あるいは大がかりな眼鏡のようなものらしい。木製の台座があり、そこから伸びた細い柱の先に鏡と硝子がついている。

「ここにね、ほら、こんな風に左右を逆さまに描いた絵を、上下を逆にして置くんですよ。で、この丸い硝子をのぞくと、下においた絵が見えるでしょ」

手招きされて幹太が近づいて硝子をのぞいた。

「へぇ、こんな風に見えるのかぁ」

歓声をあげた。

「ねぇ、面白いでしょう。あなたも、どうぞ」

続いて小萩も硝子をのぞいた。

目の前に突然、硝子からはみだしそうに大きな色刷りの景色が現れた。細い線で描かれた景色は、大きな池の中央に浮かぶ島だった。どこかで見たような気もするし、全く知らない異国の風景のようにも思える。

「この景色は……」

「さぁ、どこでしょう。お二人も、よく知っている場所ですよ」

孟次郎はくすくすと笑う。

「分からねぇなぁ」

幹太が降参した。

「これはね、不忍池《しのばずのいけ》ですよ。ねぇ、こうやって見ると、初めて見る場所のような気がしませんか。それでは、もう一つ、これは異国の風景です」

孟次郎はうきうきとした調子で新しい絵を取り出した。幹太が待ちきれないという様子で硝子をのぞく。

「すごいですねぇ。お、獣がいるぞ。この獣はなんだろう？」

小萩が続いてのぞくと、灌木《かんぼく》の生える広い野原に一頭の大きな獣がいて、そのはるか向こうに二人の人が立っている。

木も草も不思議な姿をしていた。手前の草はぎざぎざと深い切り込みの入った大きな葉を茂らせ、脇の木も細い枝をくねらせている。

手に杖を持った奥の男たちは裸で腰には布を巻いている。異様に背が高く、手足が細くて長い。しかも肌の色が黒い。

本当にこういう人がいるのだろうか。

獣の姿はさらに珍しい。

顔の周りにはたてがみがあり、口を大きくあけて牙《きば》を見せて吠えているようだ。

「これは、狛犬《こまいぬ》ですか？」

「獅子《しし》ですよ。本物の獅子はこういう姿をしているんですよ。獅子舞の獅子とはだいぶ違いますよね」

「強そうだなぁ」

「もちろんですよ。体も大きいし、爪も鋭い。人なんか、一撃ですよ。食われてしまいます」

また、うれしそうに笑う。

「あの……、この絵のようなところがどこかに、本当にあるんでございましょうか」

「もちろんですよ。こういう人たちが住んでいて、こういう獣がいる。だから、こうして絵に描いてあるんだ」

「すごいなぁ。行ってみたいなぁ。そういうところに」

「ね、そうでしょう。あなたも、そう思いますか。まったく、その通りなんですよ。そうだ、とっておきの絵があるんですよ」

孟次郎は幹太にさらにあれこれと絵を見せようとする。しかし、これでは、話が進まない。小萩は話に割り込んだ。

「ありがとうございます。めずらしいものを見せていただきました。これで、反射式のぞき眼鏡がどういうものかよく分かりました。お客様もきっと驚かれるでしょうねぇ」

「あ、まぁ、そうだといいんですが」

言葉とは裏腹に、孟次郎はその日が待ちきれないという様子だ。隣で幹太は残念そうな顔をしている。

三人がそんなやり取りをしている間、女は気配を消して静かに座っていた。

小萩が詳しい日程や個数のことを詰めようと口を開いたそのとき、孟次郎はぽんと膝を打った。

「そうだ。あなたたちに『万国総図』をお見せしましょう。私を阿蘭陀の虜《とりこ》にさせたもの。これも、逸品だ」

身軽に立ち上がると、戸棚からいそいそと巻物を取り出し、畳に広げた。

右半分の中央に楕円があり、緑や黄、紅色に彩色された不思議な図形が描かれている。

左半分はいくつもの四角に区切られており、四角の中にはそれぞれ一組の男女の姿がある。

「『万国総図』とは地図のことです。世界には阿蘭陀だけではなくて、英吉利《いぎりす》、仏蘭西《ふらんす》、亜米利加《あめりか》といった国があるんですよ。日本はどこにあるか、わかりますか？」

孟次郎は小萩の顔をのぞきこむ。

「えっと……、このあたりでしょうか」

まん中あたり、緑に塗られた場所を指す。

「違うよ、そこは。日本はこっちですよね」

幹太が小さな島の連なりを指さした。

「おお、さすが若旦那、よくご存知で。そうなんですよ。こんなに小さいんですよ。あなたが今、指さしたところは清国。大きいですよねぇ。でもね、ご安心ください。阿蘭陀だって大きくはないんです」

右下側の青い地点を指し示す。

「これが、阿蘭陀。そこからね、海をこんな風に通ってやってくるんですよ。途中、あちこちに停泊して、水や食料を買い、運んで来た荷を売る。そうやって日本にやって来る」

言われてもどうも、ぴんとこない。

「あの、この丸の外側はどうなっているんですか？」

よくぞ聞いてくれましたという孟次郎は得意の顔になった。

「びっくりしないでくださいよ。この外側はないんです。紙に描く都合上、こんな風になっていますけれど、本当はね、私たちが立っている地面は平らじゃなくて、大きな、大きな球なんです。たくさんの国があって海で隔《へだ》てられている。だから海を渡れば、異国へ行ける。あなただって、この話をどこかで聞いたことがあるでしょう？」

「そうですねぇ……」

かすかに聞いたことがあるような気もするが、覚えていない。途方もない話だと思って、そのまま忘れてしまったのかもしれない。隣で幹太がしょうがねぇなぁという顔をしている。

ちらりと目の端に女の姿が見えた。表情を消して座っている。金魚鉢の金魚のように、ただ、そこにいる。

「つまり、ここに描かれているのは、その世界の国の人たちの様子なんですね」

幹太は食いつきそうな顔で『万国総図』を眺めている。

「そうですよ。世界には暑い国、寒い国、砂ばかりの国といろいろな国がある。あなた、孫悟空《そんごくう》の話は知っているでしょ？　『三国志《さんごくし》』を読んだことはありますか？」

「孫悟空は子供のころ絵草子《えぞうし》で読みました。『三国志』の方は講釈で。面白かったです」

「私も大好きですよ。あの話はみんな絵空事だと思っていたんです。けれどね、見渡す限りの草原とか、富士山《ふじさん》よりももっと高い、空にそびえる山とかね。そういうものが、世界にはあるんですよ」

「すごいですねぇ」

幹太は感動のあまり泣き出しそうな顔になっている。

「ね、そうでしょう。私が反射式のぞき眼鏡や『万国総図』に夢中になる気持ちが分かるでしょう。これらの向こうに広がっている世界っていうものが、感じられるんですよ。ああ、たしかにあるって分かるんだ。本当に楽しくて時間を忘れる」

「ずっと以前、私は浅草でギヤマン細工の阿蘭陀船を見たことがありますよ。あれはすばらしかったです」

「おや、若旦那もご覧になりましたか。私も見ましたよ。すごい人でしたねぇ。だけど、見たかいがあった。大きくて勇壮で……、本物をぜひ一度見てみたいものだと思った」

「まったく、その通りです。本物は一体どれほど大きいのか。家……、いや、城ほどもあるでしょうねぇ……」

二人の話はいつまでも終わりそうにない。

小萩はまた、ちらりと部屋の隅の女を見た。なぜか気になるのだ。

「で、お菓子のことなんですが」

きりのよさそうなところを見計らって小萩が声をかけた。

「おお、そうでした。そのために来ていただいたんですね」

孟次郎は座り直した。

「もう少し詳しいことをお話ししましょう。お客様は今のところ十五名。男の方ばかりです。なぜか下戸《げこ》ばかり。甘いものに目がありません。それ以上に、阿蘭陀好きですからね、今みたいな話をずっとしているわけです。あ、千波《ちなみ》」

やっと気づいたというように、孟次郎は顔をあげた。

「笛に凝っている男がおりましてね、当日は、その男の笛に合わせて、あそこにいる千波に舞わせます」

千波と呼ばれた女は小さく頭を下げた。

「この前も申し上げたように、阿蘭陀好きの集まりですから、阿蘭陀の香りがするものがいい。みんなをあっと、びっくりさせてやりたいんですよ。とくに、食べ物に詳しい者がひとりいると言いましたが、いつもいろいろ蘊蓄《うんちく》をたれる……」

「その方の知らないものがいいと。料理も出るんですか？」

「いやいや菓子だけです。ですからね、力をいれてくださいよ。もちろん阿蘭陀の香りがするものでね」

孟次郎はにこにこと笑顔で厳しいことを言った。

屋敷の外に出ても、幹太はうきうきとした様子だった。

「いやあ、やっぱり来てよかったよ。すごいもんを見ちゃったな。反射式のぞき眼鏡も面白かったけど、やっぱり『万国総図』だ」

「幹太さんがそんなに阿蘭陀好きだとは知らなかったわ」

「何、言っているんだよ。俺は昔っから新し物、めずらし物好きなんだ。喜助《きすけ》とか、友達と会うとそういう話をするんだよ。だけど、本物はなかなか見られないからさ」

「たしかに『万国総図』も興味深かったけど、私はお菓子が心配。幹太さんには、なにか考えがある?」

「うーん、そうだよな。まったく新しいものを一から考えるとなると、結構大変だよな。……そうだ、浅草の松屋《まつや》のご隠居に相談してみるか。あの人も、阿蘭陀物には詳しいんだよ」

松屋は煙草入れ、紙入れ、財布に根付など、上等の男物の装身具を扱う見世で、古くからの牡丹堂のお得意である。隠居の八衛門《やえもん》には、小萩も注文やお届け物で何度も会っている。とくに幹太は孫娘のお結《ゆう》と仲良しという縁で、八衛門のところに出入りしていた。

お客でにぎわう松屋の見世を通り過ぎ、八衛門の暮らす裏手の離れに向かった。

古い煙管の手入れをしていた八衛門は、突然の訪問にもかかわらず、幹太と小萩を喜んで迎えてくれた。

幹太が事の次第を説明する。

「そうか。あの田丸屋の孟次郎さんから頼まれたのか」

「田丸屋さんのことをご存知なんですか」

「知っているも何も、先代のころからうちのお得意さんだよ。金唐皮の煙草入れに紙入れとあれこれ買ってもらっている。阿蘭陀好みじゃ知られた人だ。さんざん贅沢《ぜいたく》をしてきた人で、口もおごっているから、気にいってもらうのは大変だよ」

そう言いながら、八衛門は吸い口に銀を巻いた透明な煙管を二人に見せた。

「どうだ、きれいだろ。ギヤマンだぞ。煙草を吸うと、管の中を白い煙が中を通って行くのが見えるんだ」

「阿蘭陀物か」

幹太がたずねた。

「ああ。割れやすいのが難点だな。だから、わしも眺めるだけで、使ったことはない」

眼鏡をかけた孟次郎の顔が浮かんだ。孟次郎もギヤマンは好きそうだ。この煙管も似合うだろう。

「それで、田丸屋さんのところに行ったんだろ。いろいろ見せてもらったのか」

「ああ。反射式のぞき眼鏡と『万国総図』を見た。すごいもんだね。俺は胸がどきどきした」

「そうだろうなぁ。しかし、まぁ、阿蘭陀好きといえば、わしだってなかなかのもんなんだ」

「そうだね」

「当たり前だよ。うちは一点物の船来品をたくさん扱っているんだ。目も肥えるし、興味も湧く。じっさい、阿蘭陀物には面白い物が多いんだ。だけどさ、阿蘭陀物ってのは危ういところもあるんだぜ」

ちょうど女中が茶を運んで来た。八衛門は茶を一口すると、話をはじめた。

「今じゃ、男も女も煙管を吸っている。だけど、昔から日本にあったもんじゃないんだよ。葡萄牙人が鉄砲といっしょに持って来たんだ。鉄砲は戦《いくさ》に必要だ。だけど、煙草は何の役に立つ？　なんで、こんなに広まったと思う？」

「吸うと、気分がよくなるんじゃないのか？」

「ほう、幹太も煙草を吸うのか？」

「いや。匂いがつくから菓子屋は煙草を覚えない方がいいって、親父《おやじ》に言われた」

「うん、いい親父だな。煙草ってのは初めて吸ったときは頭がくらくらして気分が悪くなる。だけど、何度か吸っているうちに癖になる。やめられなくなる。だから、一度、味を覚えさせたらずっと買ってもらえる。売る側からしたら、いい品物だろ」

「まったくだ」

「最初、煙草の葉は阿蘭陀や葡萄牙の商人から買っていたんだ。そのうちに、こっちでも煙草の葉を育てるようになった。煙草の葉は高く売れるから、米をやめて煙草の葉をつくる人たちも増えた。幕府は何度も禁止令を出したけど、無駄だった。しかも、煙草を吸う人の数はどんどん増えていく」

「甘いものを止められないって人も多いよ」

「そうだな。酒もそうだ。たしなむくらいならいいけど、度が過ぎたらまずい。だけど、世の中には煙草や酒や甘いものとは比べ物にならないくらい、強い魅力を持つものがある。一度味をしめると金輪際《こんりんざい》やめられない。体に悪いと気づいても、金がなくても、とにかく吸いたいんだ。しまいには廃人になったり、買う金欲しさに盗みを働いたりする」

「聞いたことあるよ。阿片《あへん》ってやつだろ。だけど、そいつはご禁制だ」

「そうだよ。その阿片のせいで清国は英吉利にやられちまった。戦をして負けたんだ。今じゃ、奴らの好き勝手にされている」

戦と聞いて小萩は顔をあげた。

この国で戦があったのは、遠い昔のことだ。おじいさんのそのまたおじいさんより、もっと昔だ。だから、なんとなく未来永劫、戦はないと信じていた。

それが、清国で起こったのか。

つまり、英吉利に攻められて負けたのか。

そもそも清国で戦があったことを、小萩は知らなかった。聞いたかもしれないが、覚えていない。小萩の頭の中の地図は真ん中が江戸で、それから小さく鎌倉《かまくら》があって、それ以外はぼんやりとしている。

「英吉利ってのは怖い国だな」

「ああ。英吉利だけじゃない、亜米利加も葡萄牙も阿蘭陀だって、怖いところがある。物知りで金持ちで、いい人だって、すっかり信用していると、ころりとだまされたりするだろ。国だって同じだよ。よく知らない相手なんだ。心を許しすぎちゃいかん。ちまちま商いするより、戦をして自分のものにしちまった方が金になるなんて、思ってるかもしれねぇ。だから、幕府は商いは阿蘭陀さんだけ、長崎の出島から出て来ちゃいかんってことにしたんだ」

「ふーん」

「港は一つ、国もひとつ。当然、荷の数も限られる。阿蘭陀さんが持って来る品物はどれも珍しいと高値がつく。まぁ、松屋はその阿蘭陀さんの品物で長年商いをさせてもらっている。ありがたいことではある」

「ううむ」

幹太は腕を組んで考え込んでいる。

異国との商いは危険もあるが、利もある。

「危ないと面白いは、紙の裏表だな」

頭の中にはさっき見た『万国総図』が広がっているのかもしれない。

「そうだよ。しかも、往々にして、人は危ないものに惹《ひ》かれてしまう性《さが》があるんだ。幹太もそういう質《たち》だな。気をつけた方がいい」

「へへんだ」

二人は顔を見合わせて楽しそうに笑う。

しかし、話はどんどん菓子から離れていってしまっている。今大事なのは、十日後の集まりにつくる菓子をどうするかだ。

「あのぉ、菓子のことなんですけど」

小萩はおそるおそる話に割り込んだ。

「おお、そうだったな。余計なことばかりしゃべって悪かったな。それで、どんな話になっているんだ？」

「じつは以前、別の方に珈琲に合わせて卵の黄身を蜜にくぐらせた菓子をおつくりしました。けれど、反射式のぞき眼鏡のお披露目だから菓子も新しいものがいい。あっと驚くようなものが欲しいとおっしゃいました」

「なるほどなぁ」

八衛門はギヤマンの煙管を手の中で転がした。光を受けたギヤマンがきらりと光った。

「阿蘭陀さんはだいたいが甘いものが好きなんだ。あっちの菓子はこっちと違って、卵をよく使う。それに砂糖とうどん粉。あとは牛の乳の脂だな」

「牛の乳の脂……」

小萩の頭に生温かくて獣臭い、白い液体が浮かんだ。

「わしらは魚を食うだろ。焼いて煮て干して漬ける。卵も食うし、かつお節にしてだしを取る。阿蘭陀さんは牛とか豚とか獣を食う。肉は焼いて煮て、干して食う。乳も飲むだけじゃなくて、脂を取ったり、味噌みたいなものを作ったり、いろいろ工夫する。わしらと同じことだよ」

「卵と砂糖とうどん粉は手に入る。その牛の乳はどこかで買えるのかなぁ」

幹太は牛の乳を使うつもりなのかと、小萩は驚いた。

「いやぁ、どうだろうなぁ。わしも話に聞いただけだが、房総《ぼうそう》の方で牛を飼っていて、その乳を搾《しぼ》っているそうだ。だけど、乳だから日持ちがしない。それで白牛酪《はくぎゅうらく》という味噌みたいなものに加工する」

「……味噌ですか」

「納豆を獣臭くしたような味と言った人もいた。阿蘭陀さんはその牛の乳やそれからつくったあれこれも好きなんだそうだ。しかし、白牛酪もなかなか手に入らない」

と、すると、卵と砂糖とうどん粉でつくることになる。

そういえば以前、小萩は春霞《はるがすみ》のところで、南蛮人が好むと言う葡萄《ぶどう》の酒を飲んだことがある。甘くて渋くて酸っぱかった。たしか、あの酒のあてに菓子を食べると聞いた気がする。

あれこれ考えていると、幹太が言った。

「残念だなぁ。俺もその牛の乳でつくる白牛酪ってやつを食べてみたかったよ」

「そうか。幹太は臭《にお》いは平気か」

「分からねぇけど、俺はけっこう、大丈夫かもしれねぇ」

「そうかぁ。幹太は薬食いをしたことがあるのか？」

肉を食ったことがあるかと聞いているのだ。避けられているはずの肉食だが、薬食いと称して肉を出す見世がある。

「いや、ないよ」

「なんだ、まだか。結構、うまいぞ。なんなら、わしが連れていってやろうか。この少し先にあるんだよ、見世が」

話がはずんでいる幹太をおいて、小萩は八衛門のところから一人で帰って来た。

二

牡丹堂に戻ると、徹次や伊佐、留助が待っていた。

「おう、どうだった。結構時間がかかったなぁ」

徹次に聞かれた。小萩は孟次郎を訪ねて、反射式のぞき眼鏡を見せてもらい、その足で八衛門をたずねたことを伝えた。

「八衛門さんにもいろいろ教えていただきました。幹太さんは八衛門さんに誘われて、薬食いに行くようです」

「なんでだ？」

徹次が驚いた顔になる。

「あ、ですからね。阿蘭陀さんの菓子は卵と砂糖、うどん粉、牛の乳の脂を使うっていう話で、幹太さんが牛の乳を手に入れたいってことから、肉を食べたことがないという話になって……」

「ああ、分かった。それはいい。それはいいんだ……。じゃあ、つまり、卵と砂糖とうどん粉で菓子をつくるわけだな」

「はい。そうなると思います」

振り返ると、留助がにやにやしている。

少しすると井戸端で留助が一休みしていたので、小萩は近づいてたずねた。

「ねぇ、どうしてさっき、にやにやしていたの？」

「あん？」

「ほら、幹太さんが八衛門さんと薬食いに行くって話をしたとき」

「うん。それは、まぁなぁ……。まぁ、いろいろあるんだよ。なぁ、伊佐。薬食いは後が大変だよな」

ちょうどいいところに来たというように、鍋を抱えた伊佐に話をふった。

「牛鍋だろ。醬油《しょうゆ》や味噌のたれといっしょに肉を煮るんだ。脂が強いから、その臭いが着物や髪につく。汗になって体から出て来る。風呂に入っても消えないんだってさ」

伊佐が真面目な顔で答える。

「あ、そうだよ。そう、そう」

なぜか留助は取り繕う様子になった。

なんだか、含みがありそうだ。

「そうなると、明日は幹太さんの大福包みはなしか。あんこに臭いがつくとまずいからなあ」

二十一屋では毎朝、全員で大福を包むことになっている。

粒あんを丸めるのは幹太と小萩、見習いの清吉の三人で、伊佐と徹次が餅で包む。幹太が抜けたら流れが止まる。

「じゃあ、俺があんを丸める方に入るか」と留助。

「番重《ばんじゅう》に並べるのは須美さんに頼んでみる？」と小萩。

「飯はどうする？」

「それは幹太さんだ」

そんな風にして話がまとまった。

翌朝、伊佐と小萩が見世に行くと、幹太がしょんぼりしていた。

「おはぎ、やっぱり俺、臭うか。今朝も井戸で水をかぶったんだぞ」

近くによると体全体から獣の脂と煙の混じったような臭いが漂った。

「薬食いは、どうだった？　おいしかった？」

取りなすように小萩はたずねた。

「ああ、うまいよ。食べているうちに体が熱くなって、汗が出る。元気が出るんだよ。阿蘭陀さんはああいうもんを食っているから、海を渡ってこられるんだな。八衛門さんがどんどん食べろと言うからさ、調子に乗ったのが悪かったな」

「そりゃあ、まあ、ともかく、よかった」

伊佐が大真面目な顔で言った。

翌日、小萩がお裾分けの果物を持って室町にある隠居所をたずねると、おかみのお福が待っていた。

「小萩、幹太が薬食いに行ったんだって？」

「はい。松屋のご隠居に誘われて出かけたようです。でも、どうして知っているんですか」

「いや、昨日、須美さんが来て、幹太の着物を洗濯したっていうから、どうしたんだいって聞いてわかった。それで、薬食いには二人で行ったのかい？　何時ごろ、帰って来たんだ？　なんて言っていた？」

やけに真剣な様子であれこれとたずねる。

「詳しくは聞いてませんけど、夕餉《ゆうげ》を過ぎてから帰って来たそうですよ。すごくおいしくて、たくさん食べたそうです。阿蘭陀さんがどういう人たちが、少し分かった気がするって喜んでいました。だけど、獣臭い臭いが体にしみついてしまったから、その後、風呂に行ったり、髪を洗ったり大変でした」

「ふうん。それだけかい。徹次さんはなんて言っていた」

「なんてって……」

ほかに何があるのだろう。お福はなにを聞きたいのか。小萩が言葉に詰まっていると、弥兵衛が加わった。

「なんだ、なんの話だ？」

「だからね、幹太が松屋のご隠居に誘われて薬食いに行ったんですよ」

「薬食いか？　幹太だって、もう、いい歳《とし》なんだ。遊びのひとつ、二つ、覚えてもいいだろう」

遊びってなんだ？　小萩は二人の顔を見比べた。

「そうですけどね。なにも、松屋のご隠居が誘うことはないじゃないですかぁ。余計なことをする人ですよ」

「お前は幹太のことになると、なんでもすぐ夢中になる。男同士で話もあるんだ。もう、ほっといてやれ……」

「そうはいきませんよ」

それで、小萩はやっと気づいた。

お福が気にしているのは、薬食いのあと、どこに行ったのかということだ。薬食いで精をつけ、吉原《よしわら》に繰り出す男たちもいるらしい。

そういう意味か。

どうりで留助がにやにやしていたわけだ。

「あ、いえ、……えっと、私は何も知らないので帰ります」

あわてて帰って来た。

牡丹堂に戻ると、徹次のところにお客が来ていた。船井屋《ふないや》本店の主人、新左衛門《しんざえもん》である。

台所に行くと、須美が茶をいれていた。

「また、曙《あけぼの》のれん会の話？」

「そうみたい。このままじゃ会が二つに割れちゃうとか、若手が勝代《かつよ》さんに取り込まれているから、それをなんとかしなくちゃとか、そんなお話みたい」

小萩も何度かお茶を運んだりしたので、だいたいの様子は想像がつく。

船井屋本店は日本橋にある大店《おおだな》の菓子屋で、二十一屋をはじめた弥兵衛が修業した見世である。江戸の名店菓子屋が集まる曙のれん会に誘ってくれたのも船井屋本店で、二十一屋はあれこれと世話になっている。徹次も無下《むげ》にはできない相手である。

その船井屋本店の新左衛門のもっぱらの関心事は、曙のれん会の行く末である。以前から快く思っていなかった勝代が暗躍している、なんとかしなくてはならないと義憤を感じているのだ。

菓子の商いよりも、そちらの方に気が向いているようにも見える。

その勝代というのは、吉原の妓楼《ぎろう》の女主で、そのほか、いくつもの見世をもっているやり手である。伊勢松坂《いせまつざか》という二十一屋も懇意にしていた老舗《しにせ》菓子屋を乗っとり、由緒正しい曙のれん会に大きな顔をして出入りし、あろうことか、ひっかき回している。

――ね、牡丹堂さん、お宅だって、勝代には煮え湯を飲まされているじゃないですか。私もね、もう、我慢がならない。勝代をなんとかしたいんですよ。

と、まぁ、こんな風に新左衛門が詰め寄る。

しかし、徹次は誰がどうしたとか、こうしたとかいった面倒な話は苦手だ。我関せずとあんを煉っていたい。渋い顔で黙っていると、新左衛門はじれて、ますます言葉を強くする。……というようなことが、ここ最近繰り返されているのだ。

お茶をのせた盆を持って須美が出ていくと、いつの間に来ていたのか、清吉が小萩の袖をそっと引いた。

「勝代さんは、悪いことをしたの？」

悲しそうな顔でたずねる。

「ううん、違うよ。……ちょっとね、話がこんがらがっているだけなの」

小萩はあわてて取り繕った。

清吉は牡丹堂に来る前、身寄りのない子供たちばかりが集められた家で暮らしていた。たまに訪れる勝代は清吉にやさしく、清吉は勝代に母の面影を重ねていた。

戻って来た須美は清吉を見ると、目を細めた。

「あら、清吉さん。こっちでも、お手伝いをしてくださるの？　ありがとう。……そうかあ、私たちの話を聞いていた？　心配ないわよ」

やさしく声をかけた。

以前、小萩は勝代のことを冷酷な金の亡者で、目的のためなら手段を選ばない人だと思っていた。けれど、清吉が勝代を慕《した》っていることを知ってから、少し見方が変わった。勝代の中にもやさしい気持ちがあるのかもしれない。

そのとき、戸が開いて幹太が入ってきた。

「いい匂いだなぁ。昼はなんだ？」

「瓜《うり》と青菜と揚げの南蛮煮にしようと思っているんだけど」

「いいねぇ。唐辛子を効かせてくれよ」

いつもの調子で言いながら小萩のそばに来ると、小声でたずねた。

「室町に行ったんだろ。ばあちゃんが、なにか言ってなかったか？」

「この前、薬食いに行ったことを気にしていたけど」

「ああ、そうだろうなぁ。俺にもなんだ、かんだって鎌をかけてくるんだよ。松屋のご隠居と二人で行ったんだよって答えたら、どんな話をしたのかとか、そういえば、松屋さんにはきれいなお嬢さんがいたねとかさ」

「幹太さんのことがかわいくて大好きだから、心配なのよ」

須美が言った。

「分かっているよ、そんなこと。ばあちゃんの目には俺はいつまで経《た》っても小さな子供で、ばあちゃんは俺の全部を知りたいんだ。もう、そういう年じゃないのにさ……」

「そうねぇ。幹太さんはもう、立派な若者だものねぇ」と須美。

「だからさぁ、俺、いっそのこと、ここを出ようかと思うんだ」

「まぁ」

「えぇっ」

須美と小萩は同時に声をあげた。そんなことがお福の耳に入ったら、ひと騒ぎである。

「なんだよぉ。伊佐兄《にい》だって、俺の年にはここを出て長屋を借りたんだよ」

「それは、少し考えた方がいいと思うわ。おかみさんは今よりもっと、心配になると思うから」

須美があわてて言った。

「そうよ、そう、そう。お腹を空かせたらかわいそうだなんて言って、毎日、おかずを届けてしまうかもしれない」

小萩も続ける。

「そうだよなぁ。ばあちゃんじゃあ、やりかねないよなぁ」

幹太は頭を抱えた。そして、急に顔をあげた。

「あ、そうだ。その話じゃないんだよ。例の阿蘭陀好みの人の菓子な、天ぷらなんかどうだろうかって思ったんだ」

「天ぷら？」

「その薬食いの見世で長崎の天ぷらが出たんだ。衣に甘い味がついていて、料理っていうより菓子みたいなんだ」

「薬食いの見世は天ぷらも出すのね。中はなんだったの？」

「天ぷらだから、普通に白身魚とかえびだよ。だけど、それを干し柿とか杏《あんず》にしたら、立派な菓子だよ」

「面白いわね」

「だろ？　作り方もちゃんと聞いてきた。これから具になりそうなものをあれこれ買ってくる。あとで、作ってみようぜ」

幹太は張り切っている。

夕刻、仕事場で幹太と長崎天ぷら風の菓子を作り始めた。

「俺が衣をつくるから、おはぎは具と揚げ油のほうを用意してくれ」

幹太はそう小萩に説明し、卵を取り出すと、白身と黄身に分け、白身をささらで泡立て始めた。

シャカシャカという音とともに、透明な白身は白濁し、やがて真っ白になって持ち上がる。


「具は何を用意すればいいの？」

「そこに干し柿と干し杏、干し芋、栗の甘露煮《かんろに》があるだろ。大きいものは一口大に切ってくれ」

小萩が干し柿などを切っている横で、幹太は額に汗を浮かべて泡立てている。

「何をやっているんだ」

伊佐と留助が集まって来た。清吉も目を輝かせて見ている。

「長崎天ぷら風の菓子をつくっているんだよ。こっちの天ぷらと違って、衣に卵とか砂糖がたっぷり入っていて、ふわふわでうまいんだ。お、こんな感じでいいのかなぁ」

鍋の中にはもったりと泡立った白身がある。

「これに卵の黄身と粉と砂糖と塩を少し入れて混ぜるんだ。本当は醬油も入れるらしいけど、そしたら料理になっちまうもんな」

手早く黄身を入れて混ぜ、さらに粉と砂糖、塩も入れてかき混ぜる。

「そんなに混ぜていいのか？　天ぷらだぞ」

留助が驚いてたずねる。ふつうの天ぷらは粘りが出ないよう、衣はさっくりと、粉気が残るくらいにしか混ぜない。

「これはしっかり混ぜていいんだ」

幹太は自信をもって答える。ささらを持ち上げると、黄色みがかった生地がとろんとろんと流れ落ちていく。

「揚げ油の温度は低め？」

「ああ。そう、聞いた」

まな板の上には一口大に切った干し柿、干し杏、干し芋、栗の甘露煮が並んでいる。

幹太はお玉に衣をすくい、中に干し柿を入れて揚げ油に入れた。しゅーんという音とともに衣がふくらむ。甘い香りが漂った。

「あれ、何をやっているんだ？」

徹次も二階から下りて来た。

続けて干し杏、干し芋、栗の甘露煮も加えて、幹太は次々と同じように揚げていく。黄金色に揚がったものからざるにあげる。

「どうだろうな」

幹太がひとつ、口に入れる。

「……まずくはない」

「だろうな」「材料を見れば分かるさ」「おらも食べたい」

いろんな声が上がって手が伸びた。しばらく、みんなは黙ってもぐもぐと食べていた。

「これを田丸屋さんの菓子に使うつもりか？」

徹次がたずねた。

「皮がふわふわしているのが面白いな」

留助がうなずく。

「おいしいよ、おいしい」

清吉が言う。

「だけど、これは揚げたてが命だろう。どうするんだ？　向こうの厨房を借りるつもりか？」

伊佐が確かめる。

「うん、それができればなとは、思ったんだけど……」

「揚げ菓子っていうのは面白い。だけど、阿蘭陀好きなら長崎天ぷらも知っているだろう。もう、ひと工夫、ふた工夫した方がいいな」

徹次が言った。

「うん。そうだよ。そのつもりだ」

幹太が答えた。

みんなが去って、片づけをしているとき、小萩は幹太にたずねた。

「長崎天ぷらのことなんだけど、幹太さんはなにか、考えがあるの？」

「そうだなぁ。やっぱり、中に入れる具じゃないか。おはぎはどう思う？」

「ちょっと考えたんだけど、生の果物を入れたらどうかしら。菓子に生の果物は使わないって約束ごとがあるけど、阿蘭陀さんの菓子だから、それは気にしなくていいと思うのよ。たとえば、いちじくとか、ざくろとか。いちじくは小さな種があって面白いし、ざくろは赤くてきれいでしょ」

「いちじくにざくろか。面白そうだな。やってみるか」

幹太はすぐに日本橋の市場に行って、いちじくとざくろを手に入れた。

「こんなのもあったから買ってみたんだ。瓜の仲間でゴーヤーっていうんだってさ」

表面にいぼのある細長い野菜を取り出した。小萩が手にのせて顔を近づけると、青臭い匂いがした。

「食べられるの？」

「ああ。苦いけど、生でも大丈夫だって。とりあえず、切ってみようぜ」

半分に切ってみると、中に平べったい種とわたがあった。薄く切って食べてみる。

「ひゃあ」

幹太が叫び声をあげ、吐き出した。

「だめよ、だめ。本当にこれ、食べられるの？　やめた方がいいわよ」

捨てようとした小萩の手を幹太が止めた。

「待てよ。珈琲は苦いからうまいんだろ。阿蘭陀さんは苦いものも好きなんだよ。塩でもむと苦みが消えるらしい」

「それ、早く言ってよ」

小萩は薄く切って塩でもみ、それでもまだ苦いのでゆでこぼした。

「よし、もう一度、やってみよう」

幹太はもう一度、最初からやり直す。使った鍋やささらを洗い、材料を正確に計りはじめた。

こういうときの幹太は驚くほど粘り強く、集中力がある。

黙々と卵の白身を泡立てている。

小萩はその隣でざくろの実を取り出し、いちじくの皮をむく。

「いちじくの中に味噌を詰めてみない？　甘さの中に塩気があるとおいしいと思うの。柏餅《かしわもち》に使う京都の白味噌がいいと思うのよ」

「なるほど、隠し味だな」

いちじくとざくろ、ゴーヤーに先ほどと同様に衣をからめて揚げた。

徹次がやって来て、伊佐や留助、清吉も集まる。大小の丸い塊が揚がった。

「どんな感じだ？」

「ほう、これは、ざくろか。きれいな色だな」

徹次が言った。黄金色の衣に鮮やかな深紅のざくろが光る。

「だけど、種がちょいとじゃまだな」

伊佐が冷静な様子で言う。

小萩はいちじく入りを包丁で切る。さくりと音をたてて黄金色の衣が割れる。厚い果肉の中央に小さな種が並んでいてなにやら面白い。

「いちじくの中に白味噌が隠れているのか。うん、悪くねぇ」

「いちじくは火が入ると、とろっとするんだな」

「これも、いいよ」

「おいしい、おいしい」

口々に感想を述べる。

最後に残ったのはゴーヤー入りである。

「なんだ、こりゃあ」

留助が叫んだ。

「ゴーヤーっていうめずらしい瓜だそうです」

「うーん」

伊佐はうなる。

「たしかに苦い。だけど、嫌な苦さじゃない。……だけど、中途半端だな。いっそ、もっと苦いか……、甘煮にするとか」

徹次が言う。

「みんながみんな好きな味じゃないけど、癖になる味だな。カリカリに揚げて、生地に混ぜてみたらどうだ？」

伊佐が提案する。

「そうだな。やってみるよ」

幹太が答える。

「よし、ゴーヤーはもう一工夫。それで一度、田丸屋さんに見てもらったらどうだ？　場所は深川だっただろ？　揚げたてを食べてもらうんなら先方の台所を借りなくちゃならないから、それも相談しないとな」

「わかりました。そうします」

小萩は答えた。

その日のうちに幹太と小萩は三回目の長崎天ぷら風の菓子づくりにとりかかった。ゴーヤーは甘煮にしたものを中心に、薄く切ってカリカリに揚げたものを刻んで衣に混ぜた。

出来上がった三種の菓子を田丸屋の孟次郎の元に届けた。

勝手口に回って声をかけると、すぐに座敷に通された。孟次郎を待っていると、どこからか鼓《つづみ》の音が聞こえてくる。

軽やかで気持ちのいい音だ。

「小鼓だな」

幹太はぽ、ぽん、ぽんと口の中で繰り返す。

「おはぎ、鼓と太鼓の違いを知っているか」

「ううん」

「鼓はさ、紐をしぼると音の高さが変わるんだ。太鼓は変えられねぇ。そこが太鼓と鼓の違うところだ」

「物知りねぇ。どうして、そんなこと知っているの？」

「この前、薬食いに行ったとき、女の人が鼓を打ったんだ。それで教えてもらった」

「ええっ。薬食いって、そういうお見世だったの？」

小萩は驚いて聞き返した。小萩が知っている薬食いの見世は、煙がもうもうと立ち込めて、壁も柱も油じみ、お客は飛脚やら、大工やら、体を動かす人たちが集まる所だった。鼓を打つ女の人は現れない。

それを聞いて、幹太が笑った。

「松屋のご隠居がそんな小汚い見世に行くわけないだろ。立派な料理屋だよ。女の人が何人も来て、歌ったり踊ったりしたんだ。この前、ここにいた人も来ていた」

小萩の頭の中に金魚が浮かんだ。ゆらりと尾が揺れた。

「この前って……。千波って呼ばれていたあのきれいな人？」

「そうだよ。……もっと年上だと思ったけど、俺より一つ上だった。松屋のご隠居に年を聞くなんて野暮《やぼ》なことをするなって叱られた」

そのとき、ぱたぱたと足音がして孟次郎がやって来た。

「おお、菓子はできましたかね。今、秋田の杉のことで打ち合わせをしていたところだけれどね、抜けて来ましたよ。こっちの方が大事ですからね。ああ、なに、そっちは万事、番頭が話をつけるから大丈夫なんです」

うれしそうな顔でたずねる。最初会った時は気難しい感じがしたが、何度か顔を合わせてみると、むしろ、阿蘭陀物に目のないお人好しという感じである。気難しいと思ったのは、黒縁の眼鏡のせいだったようだ。

「卵と砂糖をたっぷり使った揚げ菓子です。中はいちじくとざくろ、ゴーヤーという少し苦い瓜を入れています」

　幹太が説明する。

　さっそく孟次郎は手をのばす。

「ああ、なるほど、これは長崎天ぷらのようなものですな。いちじくはちょっと変わった味がする。なにか、入っているんですか」

「京都の白味噌を隠し味に入れてます」

「ふむ、ふむ、なるほどね。いいじゃないですか。このほろ苦い瓜がいい。ざくろも悪くない。面白い、面白い。さすがですよ。ありがたい。うーん、しかし、これは揚げたてがうまいんでしょうねぇ」

「もちろんです」

「だったら、材料を持って来てもらって、こちらの厨房で揚げますか？　料理屋のような立派なものではないけれど、毎日、使用人も含めて二十人からの料理を作るからそれなり

した。

話は思ったような方向に進んでいる。幹太は顔を輝かせ、後ろに座る小萩もほっと安心
の広さはありますよ」

「ああ、しかし、困ったなぁ」

突然、孟次郎が頭を抱えた。

「なにか、ありますか？」

「うん。菓子だけじゃなくて料理も出すことにしたんですよ。この菓子は料理の後に出す
ことになる」

最初に、料理は出さないと言ったではないか。

ぽ、ぽん、ぽん、ぽん。

軽やかな鼓の音が聞こえた。

「遠くからいらっしゃる方もあるから、料理も用意した方がいいかなぁと思って」

孟次郎は弁解がましく言う。

食事の後に甘い菓子を食べるのが阿蘭陀流だ。だから、菓子があっても悪くはないが。

しかし、いくらなんでも揚げ菓子は少々重たい。

「少し量を減らしましょうか。一口ずつとか」

小萩が提案した。

「いやいや、そうじゃなくてね。さっき板前が来て、料理の献立を渡してくれたんですけど、そこに長崎天ぷらってあったと思ったんだな。ちょっと待ってくださいよ」

懐《ふところ》から紙の束を取り出して、何やら調べている。

「ああ、そうそう。これだ」

畳の上に紙を置く。

――お鰭《ひれ》（吸い物）、豆の蜜煮、前菜五品盛、鯛の姿造り、酢の物、長崎天ぷら、貝の浜焼き、中鉢（魚介の角煮）、大鉢（炊き合わせ）、御飯、煮物、香物、水菓子。

「これ全部か？　一体何皿あるんだ？」

驚いた幹太はいつもの職人言葉に戻ってしまった。

「長崎名物の卓袱《しっぽく》料理ですよ。食べきれないほど出すのが、長崎流のもてなしなんですね。ああ、でも、ご心配なく。食べきれない分は折に入れて持って帰ってもらいますから。……そうそう、ほら、ここに長崎天ぷらがありますよ。同じものが二度出ることになる」

なんだか、最初と話が違う。

小萩は少しもやもやする。

「当日まで、あんまり日がなくて申し訳ないけれど、もう一度、考えてもらえますか」

孟次郎は少しも申し訳なさそうでない調子で言った。

「いやいや、もちろんです。持ち帰って、もっといいものを考えてきますから」

幹太は答えた。

気づくと鼓の音は止んでいた。

二人は孟次郎のところを出て、二十一屋に戻った。

三

二十一屋に戻ると、台所から女の人の笑い声がした。一人は須美でもう一人はだれだろう。華やかな振袖の後ろ姿が見えた。

「あれ、お結が来てるのか？」

幹太が明るい声をあげた。

「ああ、幹太さん、小萩さん、お帰りなさい。お結さんがね、差し入れを持って来てくださったんですよ」

「こんにちは。ごめんなさいね、お見世まで来ちゃいました」

八衛門の孫娘、お結は茶目っ気のある様子で頭を下げた。形のよい鼻に少し目尻のあがった勝気そうな顔をしていた。

「いや、いいけどさぁ」

「だって幹太さん、おじいちゃんとばっかり遊んでいるでしょ。私には声をかけてくれないし」

「そんなことないよ。この前のはたまたまだよ。本当に忙しいんだから」

「ふうん。そうですか」

お結はふくれてみせる。大切に育てられた娘のわがままな様子が垣間見《かいまみ》えて、それがこの娘の魅力になっている。

「差し入れだけおいて帰るとおっしゃるから、もう少し待ってくださいって、私がお引き止めしたんですよ。ね、立派ないなりずしですよ」

須美は重箱の蓋を開けて中を見せた。

「わぁ、おいしそう」

小萩も思わず声をあげた。重箱の中に大きないなりずしがぎっしりと並んでいて、甘辛い煮汁の香りをたてている。

「おじいちゃんも贔屓《ひいき》にしているお見世なんだけど、とってもおいしいのよ。親方や職人さんたちといっしょにどうぞ」

「そうだな。ありがとう」

「幹太さん、仕事場のほうに持って行って、みなさんで召し上がったら。私が後からお茶をお持ちします」

須美が言えば、「わぁ、仕事場に入ってもいいんですか？」とお結がうれしそうな顔をする。贅沢な振袖が汚れないようにと須美が、すかさずたすきになる紐を探してきた。

幹太とお結、小萩が仕事場に行く。お結が仕事場に入った途端、ぱっとあたりが明るくなった気がした。

「いやいや、これは……。えっと……」

留助が目を丸くする。

「お結と申します。祖父がいつもお世話になっております。今日は差し入れを持って参りました」

「こちらこそ松屋さんにはお世話になっております。幹太と親しくしていただいてありがとうございます」

徹次が礼を言う。

なんだか正式な顔合わせのような感じになったので、幹太があわてた。

「いや、そういうんじゃなくてさ。この前、いなりずしの話をして、それで差し入れを持って来てくれて……」

「へぇ。さいですか」

留助が軽くいなし、みんなの目はいなりずしに集まった。小萩が小皿に取り分けてみんなに配る。須美がお茶を運んで来た。

「ほう、立派ないなりずしだ。はすとか、にんじんとか、干ししいたけとか、いろいろ入っているんだな」

「近くにあって、松屋ではちょっとした集まりのときに昔からお願いしているんです。いなりずしはみなさんが好きだから。祖父はお酒のあてに食べています」

八衛門や幹太の前では砕けた口調だが、よその大人にはきちんとした言葉遣いができる。ほどよいところで「お仕事のお邪魔をしたら申し訳ありませんから」と帰って行くところもそつがない。

ここにお福がいたら、ちょっとした騒ぎになったかもしれないが、いい具合にお福は隠居所である。お結が去ると、何事もなかったかのように仕事の話になった。

「それで、孟次郎さんはどうなったんだ」

「それが、困っちまったんだ。また、一から考え直さなくちゃならなくなった」

幹太と小萩で料理のほうで長崎天ぷらが出ることを伝えた。

「いや、別に一から考えなくてもいいんじゃないのか？」

伊佐が言った。

「どういうこと？」

「揚げないで、そのまんま、かすていらみたいに焼けばいいんだよ。俺は幹太さんがつくっているところ見てたけど、かすていらにそっくりだったじゃねぇか」

「あ、そうだな。うん、なんか、そんな気がしていたんだよ。じゃあ、」

たしかにかすていらも長崎天ぷらの衣も、卵と砂糖、うどん粉でつくるところは同じだ。

「よし、一度、ためしに焼いてみるか」

「そうしましょう」

小萩も賛成した。

「まず、割《わり》（配合）だな。長崎天ぷらのときはずいぶん適当だったよな。卵二個に粉をさじ五杯、砂糖一杯ぐらい入れた。かすていらみたいに焼くなら、もう少しちゃんとしないといけないよな」

幹太は紙とそろばんを取り出した。

二十一屋のかすていらは、長崎帰りの職人から製法を伝授されたものだ。上等のうどん粉百二十匁《もんめ》（四百五十グラム）、唐三盆糖《とうさんぼん》と呼ばれる上等の砂糖二百匁（七百五十グラム）、卵十五個でつくる。

あらためて眺めると、砂糖の量は粉のほぼ二倍。ずいぶんと多い。重たい砂糖を泡立てた卵で持ち上げるところに、泡立てや焼きの技がある。

「とりあえず卵二個でつくってみるか」

卵二個分なら、うどん粉が十六匁（六十グラム）、砂糖が二十七匁（百一グラム）になる。

「具が入るから、その分、砂糖を減らしたらどう？」

「そうだな。気持ち減らして生地を軽くするか」

数字をかき込む。

「中の具はどうする？」

「三種とも入れたい。ゴーヤーは甘く煮たのを中に入れて、上には薄切りにして素揚げしたのを散らす。ああ、いちじくはどうしよう。汁気が多いからなぁ」

「蜜煮にして、粉をまぶしてから生地に入れたらなじみがよくなると思う」

「おう、おはぎ、冴《さ》えてるな。それで一度やってみるか」

幹太は生地づくりにとりかかった。この日、四度目の泡立てである。

「俺も手伝うよ」

伊佐が申し出る。さすがに幹太は断らない。その間に小萩はざくろをゆで、いちじくとゴーヤーを甘く煮て、残りのゴーヤーを素揚げした。

木枠に紙を敷き、生地を流し、果物を散らす。かまどにのせたら、鉄板を置き、その上に炭をのせた蓋をのせる。上下から熱するのだ。

焼き時間を測るのは線香だ。

「この分量なら線香半本ってところかな」

「じゃあ、それで」

やがて甘く香ばしい匂いが溢れて来た。

「おお、よさそうじゃねぇか」

様子を見に来た留助が言う。

「どうだ、焼けたか？」

二階から徹次も下りて来た。

「よし、開けるぞ」

銅鍋をかまどからおろし、蓋と鉄板をはずす。厚さは一寸（三・三センチ）と少し。思ったより厚みは出なかった。果物を入れた所は生地がへこんでいる。しかし、表面はきつね色に焼き色がついて、おいしそうだ。そっと、木枠を取り出す。木枠の底が黒く焦げている。

「焼きすぎたかなぁ」

敷き紙ごと取り出そうとした幹太が、おや、という顔になる。どろりと生地が流れ出て、菓子は半分にちぎれてしまった。いちじくが顔をのぞかせ、底は焦げて黒い。

「あら」

思わず小萩がつぶやく。

みんなで少しずつ食べてみた。底の方は焦げて苦いし、いちじくの周りは水気を吸ってぐちゃぐちゃとやわらかい。

「……味は悪くないんだけどなぁ」

留助が言う。

「焼き時間が長かったのか。温度が高かったのか」

「具が多かったのかも」

それぞれが思ったことを口にする。

「やっぱりなぁ。焼き菓子は簡単じゃねぇんだ」

幹太が情けない声をあげた。

考えてみれば当然だ。かすていら職人という仕事があるくらいなのだ。だれでも簡単に作れるのなら、あちこちの菓子屋でやっている。栗かすていらとか、あん入りかすていらとか、もっとたくさん種類ができているはずだ。

「まぁ、最初からそんなにうまくはいかねぇな。仕方ない」

徹次が慰めるように言う。

「しょうがねぇなぁ。ちっと頭を冷やすよ」

幹太は答えた。小萩もがっかりした。

そうして、皿に出された菓子はそのままほっておかれた。夕方、小萩がのれんをしまって見世の片づけを終えて仕事場をのぞくと、留助と清吉で菓子をつまんでいた。

「いやだ、留助さん、それ、おいしくないでしょ」

「あはは。それがさぁ、冷めてみると、そんなでもないんだよ」

「おいしいよ。小萩さんも食べてみたら」

清吉がかわいい手ですすめる。言われて、小萩も焦げたものを口に入れた。

「あれ？」

「な」

焼きたての熱いとき余分にあった汁気は、生地となじんでほどよく落ち着き、全体がしっとりとしている。甘く煮たいちじくは焦げた砂糖が飴《あめ》になって香ばしい。中はねっとりとして小さな種が歯に当たるのも面白い。

「ほんと。おいしいじゃないの。こんな風になるのね」

小萩はすぐに幹太と伊佐を呼んで来た。

「こうなったかぁ」

幹太が驚く。

「これは新しいよ。かすていらとは全然違う。いいんじゃねぇのか」

伊佐もうなずく。

「ね、幹太さん、もう一度、この感じでつくってみましょうよ。今度はいちじくを主役にして」

「そうだな。いっそ、ざくろもゴーヤーもいらねぇな」

幹太がうなずく。

留助が粉や砂糖を計り、その間に幹太が伊佐の助けを借りながら泡立てる。これで、この日五度目の泡立てだ。小萩はいちじくを煮る。砂糖を増やし、汁気がほとんどなくなるくらいまで煮含めた。

「よし、もう一度、焼くぞ」

かまどの火が赤く燃え、蓋には赤くおこった炭火がのっている。やがて卵と砂糖の甘い香りが漂ってきた。耳をすますと、じりじりと低い音がする。いちじくの砂糖が焼けて飴になっている音ではあるまいか。

小萩はわくわくしてきた。

こんな風にわくわくしてきたのは、初めてではない。かすていらを焼いたとき、幻といわれた『花の王』ができあがるとき。最初は見ている側。いつの間にか小萩はつくる側になった。そのたび、目の前がぱあっと開けて新しい世界が広がった。

――おいでよ。俺たちの世界はこんなに広くて楽しいんだよ。

菓子たちは口々にそう言った。

きっと、この菓子もそんな風に、小萩に菓子の新しい魅力を教えてくれるだろう。

小萩の胸にあの反射式のぞき眼鏡が浮かんだ。

そうか、孟次郎さんもあの仕掛けを見て、同じようにわくわくしているのだ。反射式のぞき眼鏡は孟次郎さんにどんな世界を見せてくれているのだろう。孟次郎さんは海の向こうのまだ見たことのない、これからも見ることがない、けれど確かにある世界を想像して愉《たの》しんでいるのだ。

黒縁の眼鏡をかけた気難しそうな表情と、反射式のぞき眼鏡を前にしたときの子供のようなはしゃぎ方が不釣り合いで、不思議な人だと思っていたが、小萩の中でひとつになった。

「よし、開けるぞ」

幹太が蓋を取ると、蒸気とともに甘い香りが溢れた。

中にはきつね色に焼けた菓子があった。

敷き紙ごと慎重に取り出し、ざるにおいて、そのまま冷ます。

「ねぇ、ねぇ、上手にできたの？」

清吉がたずねる。

「できているわよ。だけど、もう少し待ってね」

小萩は清吉の手を握る。

そのとき、須美が顔をのぞかせた。

「そちらは、まだ、しばらくかかりそうですか？　夕餉ができましたけど」

家に帰って食べるはずの伊佐と小萩、留助さえも、牡丹堂で夕餉をすませることになった。急いで食べ終わると、仕事場に行く。徹次と須美もやって来た。

菓子はほどよく冷めていた。

紙をはずして包丁を入れる。

さくりと音をたてて包丁が入った。中はやわらかそうな黄金色、その下にはごろりと大きないちじく。底に沈んだ部分が飴色に焦げている。

「ほう、よく出来たな」と徹次。

「おお、おはぎ。この菓子は見たことねぇよな」と幹太。

「もちろん。孟次郎さんに、早く見せたいわ」

さっそく小さく切ってみんなで食べた。

「幹太は、どう思うんだ？」

徹次がたずねた。

「ちょいと気になるところがいくつかあるけど、それは、直せるから」

「よし、じゃあ、決まりだな」

その一言に、全員がうなずいた。

翌日、新しいものを焼き、孟次郎の元に届けた。もちろん、大喜びだ。

「ああ、小萩庵さんにお願いしてよかったですよ。思っていた以上の仕上がりです。うまい物好きの仲間に食べさせてやりたいなぁ。どんな顔をするだろう」

「そう言っていただけると、こちらもうれしいです」

小萩が礼を言った。

「そうだ。お二人も当日、ゆっくりしていってくださいよ。ここに阿蘭陀船を描いた錦絵を飾るんですよ。色も鮮やかでね、乗っている人の服装が分かるくらい細密なんですよ。それを見なかったらもったいない」

幹太の顔をのぞきこむように語る。

「ありがとうございます。ぜひ、その折は拝見させてください」

真面目な顔で幹太は答えた。

「よかったわね。喜んでもらえて」

帰り道、小萩は幹太に言った。

「ああ。親父も気に入ったみたいでさ、なんかの折には、あの菓子を売ろうって言ったんだ」

「そうなの？　よかった」

「お結のこともさ、いい子だって褒《ほ》めたんだ」

前を歩く、幹太の背中は照れているように小さくなった。幹太の背はとっくに小萩を追い越して、今は立派な若者である。

「おかみさんも、それを聞いたら喜ぶわね。自分も会いたかったって言うかしら」

ぐるりと幹太が振り向いた。目をむいている。

「そんなこと言うなよ。だめだよ。また、大騒ぎだ」

二人は笑った。

空にはうろこ雲が浮かんで、目の前をすいっと赤とんぼが飛び去った。季節はもう、秋である。

帰らぬ人と月見菓子

一

　徹次と留助、伊佐、幹太が朝餉をかき込みながら、仕事の確認をするのはいつものことだ。

「今日の予定はどうなっている」

「羊羹《ようかん》の注文が五十、最中《もなか》が百……。月見が近いので、すすきや月の上生菓子もよく売れています」

　徹次の問いに、伊佐が短く答える。

「あと、十日で中秋の名月かぁ。忙しくなるなぁ」

　留助がつぶやいた。

　暑さも過ぎて過ごしやすくなった。空は澄んで月が明るく冴えて見える。月をながめてひと時を過ごすにはいい季節だ。

「あれ？　ちゅうしゅうの名月は『中』？　それとも『仲』？　人偏はつくのか？」

幹太が指で空に字を書いた。

「どっちを使ってもいいんだ。七月、八月、九月が秋で、八月はその真ん中。だから八月十五日に見る月を『中秋の名月』。真ん中の『中』の字だ。『仲秋』っていうのは、八月の別名。その満月だから『仲秋の名月』ってことだ」

徹次が答える。

月見団子は家でつくるだけでなく、餅菓子屋や菓子屋に注文を出すところも多い。そういう家は月見団子のほかに、来客用の菓子も注文する。月見は菓子屋にとって大切な行事なのだ。

「小萩、景庵《けいあん》さんから月見の菓子の注文はもらっているのか？　まだだったら、一度顔を出しておけ」

徹次が小萩に伝えた。

景庵は日本橋の呉服店、川上屋《かわかみや》の若おかみ、お景《けい》の見世だ。お景が自分で選んだ男物の反物や煙草入れなどの装身具がおいてある。小萩庵はその手みやげの菓子の注文を受けていて、夏から何度もやり取りをして、今年の月見菓子を決めたのだ。

昼前、小萩は景庵をたずねた。

川上屋のある表通りから脇の路地に入り、入ってしばらく行くと景庵がある。

玄関脇に小さな睡蓮鉢《すいれんばち》があって金魚が泳いでいる。その横に小さな『川上屋景庵』という看板がある。見世というより、裕福なご隠居の住まいといった方がいいような贅《ぜい》を凝らした構えだ。

がらがらと戸を開けて訪《おとな》うと、小女《こおんな》が出て来る。すぐにお景が姿を現した。

「あら、小萩さん。こんにちは。お声をかけようと思っていたのよ。さ、あがって、あがって」

誘われて座敷にあがる。障子を開け放って小さな庭がよく見えた。楓《かえで》の葉がわずかに色づいていた。

襖越しに客に応対するお景の声が聞こえる。

「少し、派手じゃないかなぁ」

「とんでもない。お客様は恰幅《かっぷく》がいいし、お顔立ちもはっきりとされていらっしゃるから、これくらいのお色味のほうがお顔映りがいいですよ。男ぶりがあがります」

「え、ああ。そうかぁ。あんたがそう言うんなら、そう、なんだろうねぇ。じつは、この前の着物も褒められたんだよ」

「あら、うれしい」

お景の明るい声が響く。

――小萩ちゃん、あなたがこれがいいと思ったんでしょ。絶対にお勧めで、買ってよかったって言ってもらえると信じているんでしょ。だったら、その通り、声に出して、しぐさでも示さなくちゃ。あなたが不安そうにしていたら、お客様も迷うのよ。

いつか、お景にそう言われたことがある。

なるほどお景の言葉は自信に満ちている。この人に任せてみようという気持ちになる。

「たくさんご注文をいただいて仕立ての方も混んでいるんですけれど……、今日でしたら十四日にはお届けできますよ」

おそらくお客は新しい着物で吉原に行くつもりだろう。

吉原には月見など節句や年中行事にちなむ「紋日《もんび》」がある。紋日は遊女にとってもお客にとっても欠かせない大事な日だ。馴染みの遊女と二人でしっとり、あるいは芸者や太鼓持ちを呼んで華やかに宴《うたげ》を開く、というのが粋《いき》な男の遊びである。

男が去り、しばらくしてお景がやって来た。小萩の顔を見るなり、手をついた。

「先に言うわね、申し訳ないけれど、お月見の菓子の注文はないのよ。いろいろご苦労いただいたのに、ごめんなさい」

「……いえ、とんでもないです。……そうなんですか」

月見菓子は目当ての遊女だけでなく、やり手婆や仲居たちにも配るものなので、小萩はそれなりの数をあてにしていた。

「じゃあ、十五夜だけじゃなくて、十三夜もですか？」

つい未練がましく確認する。

「そうなのよ」

お景は渋い顔である。

八月十五日のひと月の後の九月の十三夜を「のちの月」と呼ぶ。どちらかひとつの月見しかしないのは「片見月（片月見）」と呼び、縁起が悪いとされる。ことに吉原では大事な約束事になっていて、客は十五夜と十三夜はふたつとも通わなくてはならないのだ。

特別な夜だから、お客は遊女に贈り物、周囲の者たちには祝儀、さらに菓子やすしなどの手みやげを持って行くのが常である。何を選んだらよいのか分からない、あるいは、買いに行くのが面倒というお客たちのために、お景は小萩庵の菓子を用意していた。

「期待していたのに、私もがっかりよ。……みなさん、伊勢松坂から買うことにしたんですって。さすがよね、勝代さんは頭が回るわ」

勝代の名前が出て小萩もがっかりした。こんなところにも、勝代の手が回ってきたのか。

「あちらさんは、どんなお菓子を考えたんですか」

「これよ。開けてみてよ」

お景は白い紙包みを取り出した。すすきを手にしたうさぎの絵が描いてある。開けると、恋と焼き印を押した饅頭《まんじゆう》が出て来た。やわらかでおいしそうな饅頭だが、焼き印の文字以外特に変わったところは見えない。

「そこじゃなくて紙の裏」

包み紙を裏返すと、文字が書いてあった。

——来ぬ人を待って明け方

「何ですか、これ？」

「辻占いよ。お饅頭の包みに、それぞれ違う文句が書いてあるの。女の人は占いが好きでしょ。まぁ、こういうものがあると話の種になるしね。で、伊勢松坂はあちこちのやり手婆に話をつけたの。この菓子が今流行《はや》りで、買うならこの菓子ですよってお客に耳打ちさせた。もちろん、やり手婆にも袖の下が入るようにしてね」

遊女との仲を取り持つのがやり手婆だから、言われたとおりにすれば間違いはないと男たちはこぞって伊勢松坂に菓子を注文したのだ。

「……すごいですね」

さすがに吉原の妓楼《ぎろう》の主でもある勝代だ。

「そうなのよ。こんなやり方があるんだって、はじめて私も知ったわ。物を売るなら、売れる仕組みを考えなきゃだめだって教えられたわ」

その時、玄関の方で訪う声がした。また、新しいお客が来たようだ。

「じゃあ、そんなことで。今回はごめんなさい。また、よろしくお願いします」

お景はそう言って立ち上がった。

小萩庵に戻ってそのことを徹次に伝えると、渋い顔になった。

「なるほどなぁ。しかし、この話を聞いたらまた、船井屋本店の新左衛門さんが騒ぐだろうなぁ」

噂に影か。そんな話をしていると、新左衛門がやって来た。

帰ってもらうわけにもいかないので、座敷にあがってもらう。

小萩が茶を運んでいくと、新左衛門は熱い口調で語っている。

「二十一屋さん、聞きましたか。勝代のことですよ。あの女はね、月見の菓子の注文を独り占めしようとしているんですよ」

老舗の主にふさわしく、ふだんはおだやかで何事にも鷹揚《おうよう》な新左衛門が、勝代のことになると人が変わったように怒りや苛立《いらだ》ちをあらわにする。

「独り占めは少し大げさではないですか。たしかに吉原にあがるお客からの注文はなくなりましたけど、茶席やご家庭用の月見団子や生菓子の注文はいつも通りいただいていますから」

徹次がおだやかに制する。

「また、あなたはそんなのんきなことを言って。あの勝代ですよ。これは手始めなんですよ。そうやって、次々と手を打ってくる。気づけばこちらは身動きできなくなっていますよ」

「まぁ、うちの者からあれこれとは聞きましたけれどね。たしかにびっくりしましたよ。しかし、なるほどと思った」

「ひどいと思いませんか。まったくやりたい放題だ」

話は嚙《か》み合っているようで食い違う。

船井屋本店でも月見の菓子をつくっている。そのうち、吉原の手みやげとして買われるのはどれくらいあるのだろう。

新左衛門が歯嚙みするほど多くはないはずだ。

曙のれん会のあれこれから、いやいや、そのもっと昔から、新左衛門は勝代のことが気になっていた。今はもう、やることなすこと、気に入らなくなっているらしい。

ひとしきり勝代の悪口を言うと気がすんだのか、新左衛門は帰っていった。

「あの人は、ああやってあちこちの菓子屋で勝代さんの話をしているのかなぁ。人の口に戸は立てられぬって言うから、いずれは向こうの耳に入る。勝代さんだっていい気持ちはしないだろう。大きくぶつからなけりゃあ、いいけどなぁ」

徹次のつぶやきを、小萩は湯呑を片づけながら聞いていた。

「曙のれん会も、もめるんだろうなぁ。ああだ、こうだと時間ばっかりかかるんだよ……よし、曙のれん会はしばらく休みだ。寄り合いは幹太に行かせよう」

そういう展開になるのか？

小萩は徹次の顔を見た。

「あいつの方が俺より弁が立つ。それに、なにか決め事になったら、一度戻って父親に確かめると答えればいいんだ」

我ながらよい考えだというように、徹次はうなずいた。

少しして、小萩庵をたずねて女のお客が来て、奥の三畳に案内した。年は二十歳か、少し過ぎたくらいか。ほっそりとした体つきで、きりりと形のよい眉と力のある黒い瞳をした美しい人だった。娘のような髪を結っている。細縞の黒っぽい着物だが、きれいな指先をしていたので、裕福な家なのだろう。眉根の間に深いしわが刻まれているのが気になった。

恒《つね》と名乗った。

牡丹堂に来るのは初めてと言った。だが、以前どこかで会ったことがあるような気がした。

「こちらでは、見世で出していない菓子でも、つくっていただけるそうですね」

恒ははきはきとした物言いでたずねた。

「はい。ご注文に応じて菓子をおつくりいたします。ひとつからでも、お受けいたします。どのようなお菓子をご希望ですか」

小萩はたずねた。

「十五夜のお菓子を」

「なにか、思っていらっしゃるようなものはございますか。たとえば……、かわいらしいうさぎがよいとか、あるいは、秋の風情のものとか……」

「……思い出に変えたいんです」

「思い出に変える……？　思い出になるような品ではなくて？」

小萩は聞き返した。

「過ぎ去ったことにして……、もう終わったこととして胸にしまいます。鍵をかけて振り返らないことにするんです。だから、十五夜にふさわしい、一番明るく、大きく輝いているお月様のお菓子をお願いします。お饅頭でも、餅菓子でも、生菓子でもかまいません。大きなきれいなお月様がいいのです」

きっぱりとした言い方をした。それ以上たずねられるのを拒むような感じがした。

「……お月様……。そうですねぇ、では、一度、いくつか見本をご用意して見ていただくことにいたしましょうか。お日にちはどういたしましょう」

「十五日の夕方、月の出るころに取りに参ります。数は……、そう……」

指を折って数えた。

「十五個にいたします。家の者たちといただきます。それでは、よろしくお願いします」

すぐに去ろうとする素振《そぶ》りを見せた。そのとき、須美が茶と菓子を運んで来た。

「お時間ございましたら、お菓子を召し上がりませんか。こちらは『野分《のわき》』という菓銘で、強い風が吹いて草木がなびいている様子です」

鮮やかな緑と黄緑に染め分けた煉り切りはこの秋、伊佐が考えたものだ。さらし布巾できゅっと茶巾絞りにしているので、色づき始めた秋草が風に吹かれて波打っているように見える。

「まぁ、かわいらしい。きれいです。野分……。今の私にふさわしいわ」

恒は明るい声でそう言うと、菓子に手をのばした。

そして、ふと、気づいたように小萩にたずねた。

「失礼ですけれど、あなた様は最近、祝言をあげられたんですか」

「……はい。四月ほど前です」

「分かりますよ。お幸せそうな様子が。仲の良いお二人なんでしょうね」

「いえ、いえ」

小萩は頬を染めた。じつは、昨夜、小萩と伊佐はめずらしく喧嘩《けんか》をしたのだ。

たいしたことではない。

小萩が畳んだ手ぬぐいを伊佐は自分で畳みなおして使っていた。

そのことを小萩は長く気づかなかった。

気づいたとき、少しだけ傷ついた。

――なぜ、畳みなおしていたの。

――俺は昔からこのやり方だったから、こっちのほうが使いやすいんだよ。

――だったら、最初からそう言ってくれれば、そうしたのに。

――そんな細かいことを、いちいち言うのは面倒だろ。

そんな風に言い合って気づまりになった。

手ぬぐいの畳み方というようなささいなことで腹を立てたり、傷ついたりする。違う人間が一緒に暮らすというのは、そういうことなのだと、小萩は気づいた。

けれど、それもわずかな間で、いつの間にか仲直りしていた。

「では、見本を見せていただくのを楽しみにしております」

恒は帰って行った。野分という菓銘に自分を重ねていたのを聞いたせいか、背筋をしゃんとのばした後ろ姿が、なぜか淋《さび》し気な気がした。


仕事場の隅で思いつくままに月の菓子の絵を描いていると、徹次がやって来た。

「さっきのお客さんの菓子を考えているのか？」

「はい。満月の一番明るく、輝いているそういうお月様のお菓子をということでした。でも、お月様の菓子はたくさんあるから、どれもどこかで見たようなものになってしまって」

「月のある風景から考えるという方法もあるぞ。深山《みやま》の月、海辺の月。小萩が今まで見た月を思い出してみたらどうだ」

目を閉じると、野原に浮かぶ大きな月が心に浮かんだ。

それで紙にまん丸の月を描いた。

幹太がやって来て、ひょいとのぞきこんだ。

「十五夜の菓子か？　なんか、普通だなぁ」

「うーん、そうかしら」

「せっかくなんだから、池に映った月に石があたって砕けたところとか、うさぎの大群が走っている月とか、世の中に二つとない菓子にしろよ」

「勝手なことを言って」

「今の季節、どこの菓子屋に行っても月の菓子があるんだよ。それぐらいしないと、特徴が出ないよ。ところでさ、あの人、どこの人？　俺、会ったことがあるような気がする」

「幹太さんもそう？　私もそんな気がしたんだけど。恒という名前だけで、それ以上の詳しいことはおっしゃらなかったから」

「ふーん」

「思い出にしたいんですって。もう終わったこととして胸にしまって鍵をかけて、振り返らないことにするんですって」

「そっか。だから、あんな悲しそうな顔をしていたんだな。俺、あの人が帰るときにすれ違ったんだ。泣きそうな顔をしていたよ。なんかしらねぇけどさ、本当は思い出になんか、したくないんじゃねぇのか」

しばらくして台所に行くと、須美がたずねた。

「さっきいらしたお客さん、どちらの方？　私、以前、お会いしたような気がするんだけど」

「今日が初めての方。恒さんっていう、お名前しか聞いていないんですよ」

「そう。じゃあ、実家の判子屋の方の関係かしら」

須美は首を傾《かし》げた。


その晩、伊佐と小萩が神田伊勢町《かんだいせちょう》の棟割《むねわ》り長屋で夕餉をとっていると、戸をたたく者がいた。開けると、隣のたが屋の女房、お寅《とら》と、畳職人の女房のお梅《うめ》、魚の棒手振《ぼてふ》りの女房のお染《そめ》が立っていた。

「ゆっくりしているときに悪いねぇ。ちょいと相談なんだけどさ、もうじき十五夜じゃないか。この長屋でもお月見をしないかって話になったんだよ。どうだろうねぇ」

お染が言った。

江戸で月見の名所といえば隅田川《すみだがわ》に深川、高輪《たかなわ》、品川《しながわ》あたり。船を浮かべて月を眺める風流人もいる。もちろん壱兵衛《いちべえ》長屋の人たちにそんな贅沢をする余裕があるはずもない。

「月見って、いったい、何をするんですかい」

「たいしたことはできないよ。すすきを飾って、お団子を供える。煮豆に冷奴《ひややつこ》ぐらいなら用意できるからさ、みんなで月を見ながらお茶でものんでおしゃべりをしようってことなんだよ。まぁ、いつもお互い忙しくしているだろ。たまには楽しみがないとさ」とお寅。

「長屋は助け合って暮らしているだろ。お互いの気心を知るっていうのも大事なんだよ」とお梅。

贅沢はできなくとも、人並みに月を愛《め》でたいというのも人情である。

「ああ、うちは構わねぇよ。十五夜の菓子屋はその日の昼までにお客に届けるから、夕方は手が空いてるんだ。なんか手伝うことがあったら言ってくれ」

伊佐が言う。

「そうかい。そう言ってもらえると、ありがたいねぇ。その日、お染ちゃんやお梅ちゃんと団子をつくることにしているんだ。小萩ちゃんも手伝ってくれるかい。それから、たいした額じゃないけど、それで少しずつみんなからお金を集めてって思っているんだよ。そっちも頼むね」

「はい。もちろんです。楽しみですね」

小萩は答えた。

二

人で混み合う日本橋に通りかかったとき、小萩は橋の袂《たもと》に恒がいることに気づいた。先日と同じような地味な着物を着ていたが、それがかえって顔立ちの美しさを引き立てていた。

背筋をぴんと伸ばし、真剣な面持《おもも》ちでやって来る人を眺めている。

だれかを待っているように見えた。

届け物をして戻って来ると、やはり同じ場所に立っていた。

かなり長い時間、そうして立っていたのではあるまいか。お供の少女が脇の石に座って退屈そうな顔をしていた。

見世に戻って井戸端に行くと、幹太が洗い物をしていた。小萩の顔を見ると言った。

「俺、この前、小萩庵に来た人のこと、思い出した。あの人、日本橋の袂に時々いるんだよ」

「そう？　私も今日、気がついた。行きに見て、帰りにも同じように立っていた」

「誰かを待っているのかな」

「毎日？　ずっと？　どうして？」

「さぁなぁ」

そんな話をしていると、須美がやって来た。

「ねぇ、昨日のお客様のことでしょう。私、思い出したのよ。この前いらしたあのお客さん、あの方は鍵吉《かぎよし》という日本橋にある大きな錠前屋さんのお嬢さんなの。……あの方、三年ほど前に不幸があったの。祝言を迎えるはずの方が突然、亡くなってしまったのよ」

相手は、浅草の油問屋の息子で専太郎《せんたろう》という。父親の名代《みようだい》で武州のご親戚の法事に出かけて、そこで突然、頭が痛いと苦しみ出し、その日のうちに息を引き取った。

「頭を打って傷もなんにもないのに、何日かして急に亡くなってしまうことがあるでしょう。そういうことだったみたい。油問屋は婚家だった天日堂《てんじつどう》と同じ町内だったから、私も野辺送りをさせていただいたの。あの方も見送っていらしていた。きれいな方だし、そんな事情だから噂になってね。……亡くなったのが祝言の前で、いっそ、よかったって言う人もいたけど、あの方のお気持ちとしては、ご家族の列に加わりたかったんじゃないのかなって思ったわ」

「そんなことがあったの……」

だれかを待つように立ち続ける恒の姿が思い出された。

「ねぇ、もしかして、それが日本橋の袂にいる理由《わけ》かしら。だって日本橋は五街道のはじまりでしょ。武州に向かう時もあの橋を渡るわよ」

「そうねぇ。あの場所でお見送りしたのよね、きっと」

専太郎という若者は橋を渡って旅立った。すぐに帰って来ると思ったが、それが永の別れとなった。

亡くなった専太郎のことを思い出に変えたいのか。

そのための月の菓子なのか。

小萩の胸にさまざまな思いが湧き上がった。それで、もう一度、日本橋に行ってみることにした。

橋の袂まで来ると、恒の姿が見えた。さっきと同じ姿で立っていた。

背筋をぴんと伸ばし、まっすぐ前を見ていた。

期待とあきらめが入り混じったような目をしている。

小萩はできるだけさりげない、明るい声で語り掛けた。

「もしかして、恒様ではありませんか。小萩庵の者です。先日はありがとうございました」

「あ、小萩庵さん」

恒はひどく慌てた様子になった。

「お待ち合わせですか？」

「いえ、所用でこちらまで来て……、これから帰るところです」

お供の少女に声をかけ、立ち去ろうとする素振りを見せた。小萩はすかさず言った。

「じゃあ、近くまでごいっしょに。今、ご依頼のお菓子をいろいろ考えているんです。満月の菓子は今までにもたくさんあるので、どうしてもどこかで見たような、平凡な姿になってしまうんです。できれば、もう少し詳しくお話をうかがいたいなと思いました」

「あ、いえ。……平凡でも」

恒は困惑した表情を見せた。眉根のしわが深くなった。小萩はさらに言葉を重ねた。

「でも、せっかくですから。だって十五夜の晩が満願で、それをお祝いする菓子ですよね。特別な十五夜にふさわしい、晴々《はればれ》として明るい、元気なお月様の菓子をつくりたいんです。今年の十五夜がお客様にとって忘れられない大切な日になるように。幸せを運んでくれるように」

幸せという言葉を耳にしたとき、恒の表情が硬くなった。唇を嚙んで考えていたが、意を決したようにたずねた。

「……私のこと、なにかお聞きになりました？」

「ええ、じつは……」

恒は小さくため息をついた。

「牡丹堂で働いている者が鍵吉様とつながりがありまして。……三年前の野辺送りにもうかがっていたと申しました」

「……そうですか」

それきり黙ってしまう。

「でも、それだけではないんです。私は今日、届け物でこの橋を渡りました。その時、あなた様をお見かけしました。その帰りにも同じ場所にいるあなた様を見ました。それで、不思議に思ったのです」

小萩が立ち止まると恒も立ち止まった。

黒い瞳が迷っているように揺れた。

「……この前来ていただいた、あの三畳の部屋のことを覚えていらっしゃいますか。あの部屋は二十一屋のおかみがお馴染みさんとおしゃべりをするために使っておりました。甘いお菓子をいただきながら、たわいもないお話をして。それだけのことですが、不思議なことに、お帰りになるときはみなさん、明るいお顔になります。私は未熟者なので、おかみのように上手な聞き役になれないかもしれません。でも、聞かせていただけませんか。

私は、あの三畳に来ていただきたいんです」

小萩は恒の目をまっすぐ見た。

恒は小さくうなずいた。


少女を見世に帰して、恒は小萩とともに牡丹堂の三畳にやって来た。

小萩は菓子と茶を勧めた。

香りのいいお茶につやつやと光る羊羹が添えられている。

恒は羊羹に手をのばし、笑みを浮かべた。そして、小さく息を吐いた。肩がふっと落ちた。

「声をかけていただいて、ありがとうございます。あなた様に声をかけていただかなかったら、今日も、私は日が暮れて、見世の者が迎えに来るまであの場所に立っていたと思います」

「そうでしたか」

小萩は小さくうなずいた。

「お恥ずかしいことですが、あの橋の袂に来ると、私はやって来る人を見ずにはいられません。ある方をお見送りしたのが、その場所だったからです。最初は短い時間だったのです。でも、ある日を境に、離れられなくなってしまって……今では半日以上もあの場所に立ち続けてしまうんです」

恒はじっと自分の手を眺めている。

やがて、意を決したように顔をあげた。

「お聞き及びのように、私には専太郎さんという許嫁《いいなずけ》がおりました。ところが、三年前のちょうど今頃、祝言を半月後に控えたある日、専太郎さんが突然、私の前から消えてしまいました。旅先で倒れて、そのまま命が終わってしまったんです。祝言の前でしたので、私は葬儀には立ち会えませんでした。ほかの方たちといっしょに野辺送りをいたしました。……あの日から、私の中の時は止まってしまいました。気がついたら三年が過ぎてしまっていたんです。私は二十二になっていました」

恒は遠くを見る目になった。

「この春のことです。父が、嫁に行く気はないかとたずねました。いいお話があるというのです。……十九から二十二の三年間が女にとってどれほど大事か、私だって分かっていますす。それに私は長女で、……下に妹が二人、弟が一人おります。ものには順序というものがあります。……私がいつまでも片づかないと、妹たちの縁談に差し支えます。私のような小姑《こじゅうと》がいたら弟のところにお嫁に来る方もお気の毒です。それに……もちろん、嫁に行くのは私自身の……幸せ、のためでもあるんです」

一言、一言、噛みしめるように恒は言った。

幸せと、言葉に出して、うっすらと目を閉じた。

「お相手の方とお会いになりましたか」

「ええ。剛三郎《ごうざぶろう》さんとおっしゃって。……とても良い方です。やさしくて、頼りがあって。専太郎さんの古いお友達だそうです。……だから、私の気持ちも分かるとおっしゃってくださいました」

「……よいご縁……ですか」

「はい、もちろん。私は果報者です」

そう言って、恒は言葉をきった。

小萩は次の言葉を待った。

「それで、まわりもたいそう喜んで、祝言の日も今月末と決まりました。粛々と準備はすんでいきます。けれど、その日が近づくにつれて、私はだんだん気持ちが落ち着かなくなっていきました。……だって、私の心の真ん中には今でも専太郎さんがいます。折に触れ、私は心の中で専太郎さんに話しかけてきました。今日もいいお天気ですねとか、桔《き》梗《きよう》の花がきれいに咲きましたよとか。そんな風に話しかけると、私の心の中にいる専太郎さんも『気持ちのいい日だね』とか『それはよかった』と答えてくれる気がします。それは、もう、私の癖になってしまっているんです」

恒の眼差《まなざ》しが曇った。

「でも、その方と……、剛三郎さんと祝言をあげることを決めたのだから、もう、そんな風に専太郎さんに話しかけるのはやめにしなくてはならないと思いました。それは、剛三郎さんに失礼です。それで、専太郎さんのことを思い出として胸の奥にしまうことにしました。きっと、専太郎さんも許してくれると思います。そのけじめということではないのですが、こちらで菓子をお願いしました。あのとき出していただいたお菓子は……たしか……」

「野分」

「そう。風に吹かれてなびく草を描いたあのお菓子を見たとき、揺れる私の気持ちを表しているようだと思いました。ですが、その帰り道……」

恒はまだ黙った。じっと自分の手を見つめている。

遠くで鳥の鳴き声が聞こえた。

あんを炊く甘い香りが仕事場の方から流れてきた。

「気がつくと、私はやっぱり日本橋の袂に来ていました。ぼんやりと橋を渡ってやって来る人を眺めていました。白い昼間の月が出ていました。専太郎さんを見送った朝も、白い月が出ていたんです。……その時、橋の真ん中でふと、振り返った人がいました。私は息が止まるほどびっくりしました。……専太郎さんだったんです。私の顔を見て、片手をあげました。そして言ったんです。……さようならって」

「……さようならとおっしゃったんですか」

「はい。たしかに、そう言いました。口の動きで分かりました。今度こそ、本当に専太郎さんは、私の元から去っていきました」

「思い出になったということですか？」

「違います。私は思い出として、鍵をかけて私の心の裡《うち》にしまっておこうと思ったんです。けれど、それは間違っていました。そんな中途半端なことをしてはいけないんです。嫁ぐということは、そういうことです。あなただって、お判《わか》りでしょう。白無垢《しろむく》を着るとはそういうことじゃないですか。家を出て、まっさらになって生まれ変わることなんですよ」

「……それは違うのではないですか。専太郎さんは亡くなってしまったのだから……」

「だからです。亡くなった人の思い出に、勝てる人はいません。あの人は、今度こそ、本当に私の前から消えてしまったんです。潔い、男らしい人でしたから。自分のことは忘れて、剛三郎さんに添いなさい。私はそれが専太郎さんの気持ちだと思いました」

それで、よかったのではないか。専太郎は恒の背中を押したのだ。

そう言おうとして、小萩は言葉に詰まった。

恒は中空を見つめている。

「私は情けない女です。そんな風に専太郎さんが去って行ったのに、まだ、思い切れないのです。気がつくと、橋の袂に行ってしまいます。いけないことだと思うのに、気づくと立っているのです。そうして、専太郎さんを捜しています」

ふいに黒い瞳に涙が浮かんだ。みるみる溢れて、膝に落ちた。

「私の中の専太郎さんはいなくなったのに、私はまだ、専太郎さんを忘れることができません。未練がましく、追いかけてしまうのです。専太郎さんにも、剛三郎さんにも申し訳ないと思います。でも、橋の袂に立つことがやめられません。もう一度、専太郎さんに会いたいのです」

「会って……、会ってどうなさるおつもりですか？　なにをお話しするつもりですか？」

恒ははっとしたように顔をあげた。

「なにもありません。専太郎さんはもう現れないと思います……。それでも、私は……本当に情けない女なのです」

小萩は自分が泣いていることに気がついた。涙が溢れて止まらない。

「申し訳ありません」

恒も言葉にならず、ただ、うなずいている。

どれだけ待っても専太郎は来ないのだ。そんなことは恒もとっくに分かっている。頭では分かっているのだ。だが、心が納得していない。その事実を受け止められない。

その一方で、専太郎のことを忘れなくてはならない、剛三郎に申し訳ないと、自分を責めている。

野分。

まさしく嵐のような風が吹き荒れて、恒の心を二つに分けてしまっているのだ。

やがて、恒は顔をあげると告げた。

「八月十五日は専太郎さんがあの橋を渡って行った日です。その日までに、私はきっぱりと別れを告げます。約束通り、八月十五日に菓子をお願いいたします。私は新しい気持ちで菓子を受け取りに参ります」

恒を見送った小萩は仕事場の隅で紙を広げたまま、考え込んでしまった。

本当にそれでよいのだろうか。

恒の意志の強そうな眉と黒い瞳が心に浮かんだ。

たとえば、専太郎の思い出とともに生きていくという道もあるのではないか。けれど、世間的に考えたら、良縁を得たのだから、新しい一歩を踏み出すべきなのかもしれない。

今、恒の中で、二つの心が闘っている。片方が、もう片方をねじ伏せようとしている。どちらが勝っても、恒は引き裂かれてしまうのではあるまいか。

小萩は唇を噛んだ。

思いついて、お葉《よう》の残した菓子帖を開いた。お葉は徹次の亡くなった女房で幹太の母親だった人だ。

十五夜の項を開くと、意外にも淋し気な月の菓子があった。月に見立てた黄身あんを葛《くず》でくるんでいる。透明な葛に包まれた月は水の底にいるように静かに見えた。口に入れたら、きっとひんやりと冷たいに違いない。

和歌が添えてあった。

『あかねさす日は照らせれど　ぬばたまの夜《よ》渡る月の隠《かく》らく惜しも　柿本人麻呂《かきのもとのひとまろ》』

挽歌《ばんか》だ。

日は照らしているけれど、夜空を渡る月のようにお隠れになったことが惜しいことですというような意味らしい。

今の恒にふさわしいのは明るく元気な満月ではなく、こんな悲しみに寄り添うような菓子ではないのか。

しかし、注文とは異なってしまう。

小萩はまた、分からなくなった。

「なんだ、小萩、さっきから難しい顔をして何を考えているんだ?」

伊佐がやって来てたずねた。

小萩は今、聞いたばかりの話をかいつまんで伝えた。

「十五夜にふさわしい、明るく、大きく輝いているお月様のお菓子を頼むと言われたの。だけれど、本当の気持ちは違うんじゃないのかなって思うの。むしろ、ふさわしいのはこっちの方とか」

小萩はお葉の菓子帖を見せた。

「亡くなった人をしのぶってことか。きれいだけど、そんな風に意味を曲げてしまっていいのかぁ。俺たちは菓子屋なんだ。お客さんの注文通りにつくることが仕事だよ。それが、そのお客さんの心に添うことなんだ」

「そうかぁ……」

小萩は答えた。

伊佐は真面目だ。そして、男だからか、それとも職人だからか、人の言葉の裏を読んだりしない。素直にそのまま受け止める。

それはいいことだけれど、この場合は少し違うのではないだろうか。

少し気持ちを切り替えたくて、小萩は外に出た。神田の得意先に注文を取りに行くことにした。

千草屋《ちぐさや》の近くに来ると、お文《ふみ》がお客の相手をしているのが見えた。

「あら、小萩さん」

すばやく小萩を見つけて、お文が手を振った。

「お忙しそうですね」

近づいて小萩が声をかけると、お文は小さくうなずいた。

「お陰様でお月見が近いから、たくさん注文をいただいているのよ。ちょっと待ってい
て」

お客を一太《いちた》に任せて、お文がやって来た。

「ねえ、小萩さん、新しいお菓子を考えたのよ。見てくださらないかしら」

小箱の中に白、小豆《あずき》、紅、黄、橙《だいだい》、緑、薄茶の七色のあん玉が入っている。

「七五三のお祝いにどうかと思って。お子さんの年によって、七つ、五つ、三つって選べるでしょ」

「きれいな色。この色はどうやって出したの？」

「それは、ひみつ。……うそ、うそ。小萩さんだから教えるわね。紅花《べにばな》、卵黄、抹茶の色。あんも小豆と白小豆、黄身あん、赤は紅花で染めたわ」

「じゃあ、味もいろいろなのね。かわいらしいから、お祝いにぴったりだと思う」

「そう？　よかった。苦労したかいがある」

お文は心からうれしそうな笑みを浮かべた。

菓子に夢中になって嫁に行く気も、婿《むこ》をとる気もないお文を、父親の作兵衛《さくべえ》がずいぶん心配していたときがあった。

――おとっつあんが、このままずっと一人だったらどうするんだ。年をとったら淋しいぞって言うの。でも、先のことなんか分からないでしょ。お姑《しゅうとめ》さんとうまくいかない人もいるし、お子さんのことで悩む人もいる。そりゃあ、大変なこともあるけれど自分で決めたことだから私はそれが一番いいと思っているのよ。

お文の言葉が思い出された。

牡丹堂に戻ってお客の注文を聞いたり、菓子を包んだり、箱に入れたり、代金を受け取ったりしている間も、小萩の頭の片隅には恒のことがあった。

もし、自分が同じ立場になったら、どうしただろう。

たった三年。小萩が牡丹堂にやってきたのも、三年前だ。

あっという間の三年だったのではあるまいか。

見世を閉め、台所に行くと、須美が夕餉の支度をしていた。

「ねぇ、須美さん。やっぱり、女の人はお嫁に行かなくちゃならないものかしら」

「あら、どうしたの？　突然」

「小萩庵のお客さんのことなんだけど……」

「鍵吉のお嬢さんのこと？」

「そう。亡くなった許嫁のことを思い出にして、お嫁に行くことに決めたとおっしゃるんだけど、気持ちがついていかないみたいなの」

「そう。まだ、三年ですものね」

「さっき、お文さんと会ったの。とっても楽しそうで、生き生きしていて。こんな風な生き方もあるんだから、無理にお嫁に行かなくてもいいのにって、つい、思っちゃった」

「そうねぇ。恒さんの辛《つら》い気持ちも分からないことはないけれど……。でも、私はご両親の心配も分かるのよ」

須美は鍋をかき混ぜながら答えた。

「だってね、お文さんはお店《たな》の主でもあるけれど、恒さんは暮らしの手立てを持たないわけでしょう。今はご両親も健在だけど、弟さんの代になったとき肩身が狭くないかしら？ 弟さんの家族が仲良くしているのを見て淋しく思わないかしら？ ふだんは楽しくすごしていても、ふと、そんなことを思う時があるかもしれない。親としたら、恒さんにふつうの……、つまりお嫁に行って、母親になるっていう、ふつうの『幸せ』を用意してあげたいって思うんじゃないかしら」

幸せ、と小萩は口の中で繰り返した。

ふつうの『幸せ』。分かりやすくて、安心できる幸せ。でも、そうでない『幸せ』もあるのではないだろうか。そう思うのは小萩が伊佐と幸せに暮らしているからだろうか。

「忘れられないのも当然だし、先へ進まなければという気持ちも本当よ。きっと苦しいわ。お気の毒だとも思うけれど……。だからこそ、明るい、大きな満月の菓子で十五夜を迎えたいとおっしゃるのよ。それが、お客様の注文なのだから、それにふさわしい菓子を考えるのが小萩さんのお仕事じゃないかしら」

須美は伊佐と同じことを言った。

その晩、長屋に戻って伊佐と二人で夕餉をとっていると、外がやかましくなった。戸を開けると、お寅とお染とお梅がいた。

「ゆっくりしているところごめんね。じつは、お月見のことを三人で相談していてさ、ちょっと聞きたいことがあるんだけど、いいかな」

「ああ、俺で答えられることなら構わねぇよ」

伊佐が答えた。

「月見団子を三方《さんぼう》に飾ろうと思っているんだけど、どういう風にしたらいいんだい？」

「ああ。まあ、いろいろやり方があるけど、多いのは下が九個でその上が四個、一番上に二個でのせて、全部で十五個ってとこだな」

「ほら、やっぱりそうじゃないか」

「そうか、そうか」

「ああ、そうなんだね。それでいいんだ」

三人はそんな風に小声で話し合い、さらになんだか、もじもじしている。

「ほかにも、何か聞きたいことがあればどうぞ」

小萩が言った。三人は顔を見合わせ、お寅が口を開いた。

「ああ、じつはね。あたしたちがつくるお団子はなんていうかさ、べちゃべちゃして歯切れが悪いんだ」

「それでもって、すぐ固くなる」

「ざらざらして、なめらかにならないんだ。どうしてだろうね」

「それは水の量とか、こね方とか、蒸し方とかいろいろあるから一概には言えないよ」

伊佐はぶっきらぼうに答える。

「そうだ、そうだよね。本職の人に聞くのは悪いかなと思ったんだけどさ。やっぱり、腕の違いだね」

お染が言う。

「ああ、まぁ、そのために何年も修業をしているわけだからさ」

三人はうなずく。

職人たちは素人にあれこれ聞かれるのを嫌がる。あるいは面倒くさがる。お寅の亭主はたが屋で、お梅の亭主は畳職人だからそのあたりのことは分かっているのだろう。

「まあ、中に入ってくださいよ」

小萩が言った。といっても、六畳ほどの狭い長屋である。上がり框《かまち》にお寅とお染とお梅が窮屈そうに並んで腰かけた。

「なめらかにならないのは、搗《つ》き方が足りないんだろうね。うちは団子もつくるけど、やっぱり餅菓子を専門にしているところのほうが上手だね。団子屋さんはとにかくたくさん搗くんだよ。硬い石臼《いしうす》を使うところもあるって聞いたよ」

「そうか。それが違うんだね。あたしたちじゃ、そんなに手間をかけられないもの」

お梅ががっかりしたように言う。

「本職の餅屋さんみたいにはできっこないけど、今より、少し上等な味になるコツはないのかしら」

小萩は助け舟を出す。

「そうそう。売っているようにできないのは分かっているんだよ。だけど、子供たちに今年のお団子はおいしいって言ってもらいたいじゃないか」

お寅が言った。

「ううん、そうだなぁ。粉を工夫してみたらどうだ？　上新粉はうるち米の粉だろ。あれは冷めると固くなるんだ。もち米からつくるもち粉や白玉粉を混ぜると固くなりにくい。砂糖を混ぜるのもいいいな」

三人の顔がぱっと明るくなった。

「へぇ。そうかい。聞いてみるもんだねぇ。それで、上新粉ともち粉はどれくらいの割で混ぜればいいんだい」

「やってみたことはないけど、上新粉三にもち粉一ぐらい混ぜてみたらどうだ？　湯を加えて耳たぶくらいのやわらかさにしたら、一度蒸すんだ。それをよく搗く。砂糖蜜、なかったら少しの湯で砂糖を溶かしたものを加えてさらに搗く。つやがよくなるからさ。それを団子にすればいい」

伊佐はすらすらと答える。

「え、ちょっと待ってくれ。上新粉が三でもち粉が一？　一度、蒸すのかい？」

「その前に湯を混ぜるんだよ」

「砂糖はいつだって？」

三人は目を白黒とさせた。

「お団子をつくるのは十五夜の日ですよね。紙に書いてもっていきます。私もいっしょにつくりますから」

小萩は言った。

「そうだね。小萩ちゃんが加わってくれると、ありがたいよ」

三人はほっとした顔になり、帰っていった。すぐに隣でがたがたと音がして、お寅が家に戻ったことが分かった。

「お月見が楽しみね」

小萩は言った。

「そうだな。俺はしらなかったけど、長屋じゃ、毎年、月見をしていたのかなぁ」

伊佐が畳にごろりと横になりながらつぶやく。

「そうだったんじゃないの？　声がかからなかったの？」

「うん。どうだったんだろう。この季節はいつも忙しいから、見世に遅くまでいたんだろうなぁ。それに小萩が来たから、声をかけやすくなったんだよ」

「そうかしら」

「きっとそうだよ。いっしょにつくって欲しそうだったじゃねぇか」

小萩のふるさとの鎌倉の村でも月見団子で祝った。上新粉をこねて蒸して、搗いて団子にした。そういえば、ふるさとの月見団子は里芋《さといも》を搗き込んでいた。

「へぇ。里芋かぁ」

「よその家じゃやってなかったから、うちだけだと思うの。少し芋っぽいけど、時間が経ってもやわらかかった」

「どうやって食べるんだ？」

「おじいちゃんやお父ちゃんは醬油をふってた。私たち女は砂糖ときな粉。そうだ、一度、上方《かみがた》の人が来て教えてくれた。向こうは里芋の形に先をとがらせてあんこで包むんですって。それで、その年は、そういうお月見団子もつくったのよ」

すすきは川沿いにたくさん生えているから、それを刈った。

「すすきを飾るのは、姿が稲穂に似ているからですって。お月見が終わったあと、そのすすきを軒先に吊るしておくと、無病息災で過ごせるって聞いたわ」

「月見泥棒っていうのもあるんだろ？」

「知らない。なあに、それ」

「十五夜の夜は、子供たちは、お供えの月見団子を盗んで食べてもいいことになっているんだってさ」

「へぇ、面白い」

小萩は声をあげて笑った。伊佐も笑った。

ふと、恒の顔が浮かんだ。

今頃、何をしているのかと思った。

三

十五夜は明日というのに、空には厚い雲がかかっている。

とはいえ、お客は次々やって来て、見世は忙しい。仕事場では、徹次を中心に留助や伊佐、幹太が注文の菓子をつくっていた。

しかし、小萩は相変わらず手がつかないでいた。

理由は分かっている。

依頼通り、明るい大きな月の菓子をつくればいいのか、それとも別のものにした方がいいのか、迷っているのだ。

もしかしたら、小萩は恒の気持ちに踏み込み過ぎているのかもしれない。けれど、恒の気持ちが痛いほどわかるから、ほうっておけないのだ。

専太郎のことが忘れられないのなら、無理に忘れようとしなくてもいいではないか。

無理やり、忘れようとするから苦しいのだ。

このまま、ずっと面影を抱いていることにすればいい。そういう小萩の気持ちを菓子にしてはいけないだろうか。

小萩の気持ちは揺れてしまう。

気がそぞろになっていたのだろう。徹次に言われた。

「そんなに気になるんなら、自分で橋まで行って見てこい。お客さんだけを見るんじゃないぞ。ちゃんと周りの様子にも気を配るんだ」

小萩は急いで橋の袂まで行ってみた。

同じように恒は橋を渡る人を眺めている。少し離れてお店者《たなもの》らしい男が見守っていた。時たま、行き交う人が恒に目をやる。

中には話しかけようと近づいて来る者もいる。だが、傍《そば》に男がいるのに気づくと、そのまま何ごともなかったように去っていく。

徹次の言葉の意味が分かった。恒の身を案じて、家族は見世の者を見張り番にしているのだ。

「恒様」

小萩が声をかけると、恒は振り返った。困ったような笑みを浮かべた。

「ああ。小萩庵さん。やっぱり来てしまいました。今日は父が心配して見世の者をつけてくれています。いっそ気がすむまでやればいいと言われました」

隣のお供の少女は今日も手持ち無沙汰《ぶさた》な様子で座っている。

「十五夜は明日ですね」

「ええ。お天気ならいいのですが」

厚い雲がかかり、今にも泣きだしそうな空である。

「お菓子は出来上がりそうですか」

「はい。でも、まだ、少し迷っているところがあって」

「そうですか……」

恒は橋を渡って来る人に目をやる。

「私も……心配なんです。本当に、明日、専太郎さんのことをちゃんと思い出に変えられるかどうか」


仕事が終わらない伊佐は見世に残り、小萩だけが家に戻ると、お寅たちがやって来た。

「明日は雨になりそうだからさ、月見は今日、やっちまおうかと思ってさ」

「えっ、そうなんですかぁ」

「差配《さはい》の壱兵衛さんが金一封を持って来てくれたんだよ。そしたら、亭主たちが待てねぇなんて言い出してさ」

「まぁ、今日でも、明日でも同じことだしね」

何事も融通の利く長屋暮らしなのである。

お寅の部屋で団子をつくることにした。お染がそば屋からこね鉢を借りてきていた。そこに上新粉ともち粉、水に溶いた砂糖を入れる。ぬるま湯を少しずつ加えながら手でこねて、耳たぶくらいの固さにする。

「お染ちゃん、いい手つきじゃないか」

お寅が褒める。

「うちの田舎《いなか》はそばを打つんだよ。そばが打てないと嫁にいけないなんて言ってさ」

その間にお梅と小萩でかまどの用意をした。せいろに濡《ぬ》れ布巾を敷いて待つ。

ほどよい固さになった生地をちぎって並べ、強火で蒸す。

ガタガタと音がして次郎兵衛《じろべえ》と辰吉《たつきち》、八助《やすけ》が顔をのぞかせる。

「おう。すすきを刈ってきたよ。どこに飾ればいいんだ」

辰吉は腕に抱えたすすきを見せた。

「あれ、こんなにたくさん」

「たくさんの方がいいと思ってさ。終わったら軒に吊るすんだろ」

「だけどさぁ。いくらなんでも多すぎるよ。これじゃあ、たぬき屋敷だ」

「なんだよ。てめぇがたぬき顔じゃねぇか。まぁ、後で炊きつけにすりゃあいいさ」

笑い声があがる。

「で、後は酒とつまみ、いやいや、お供え物を買ってくりゃあいいんだな。なにがいいんだ。煮豆とか、煮物とか、漬物とか」

「刺身は用意したからさ」

棒手振りの辰吉が言う。

「そりゃあ、豪華だ。問題は酒だな」

「一升もあればいいんじゃないのか」

「それじゃあ、足りねぇよ」

「男は何人いるんだ？」

「壱兵衛さんを入れて十一人だ」

「かみさん連中も結構飲むしな。二升、いや三升はいるな」

「仕方ないねぇ」

渋々、お寅が財布から金を取り出す。

男たちが去ると、今度は子供たちがやって来た。

「かぁちゃん、団子はまだか。おいら、腹減ったよ」

「ちょっと待ってな。まだ、これからだから」

蒸しあがった団子の生地を冷水に浸けて冷やす。

「腹減って死にそうだ。ちょっとでいいから、食いたいよ」

「しょうがないねぇ」

端っこをちぎって、子供たちの口に入れてやる。

「呼ぶまで、おとなしく外で遊んでいるんだよ」

おつぎとお万《まん》もやって来て、「じゃあ、こっちで汁と飯を用意しとくから」などと言う。

生地をさらし布で包んで何度もこね、切って丸めた。三方はないから盆に盛る。

「立派じゃないか」

「ああ。つやつやしているよ。やっぱり、本職に教えてもらうと違うね」

お寅、お染、お梅は顔を見合わせて満足そうにうなずく。小萩も心が浮き立ってきた。

日が落ちて、雲間から明るい大きなお月様が顔をのぞかせた。

月見の始まりである。

壱兵衛の部屋に団子と汁と飯を持って行くと、半助《はんすけ》たち子供が歓声をあげてやって来た。

男たちはもう、飲み始めている。

「じゃあ、壱兵衛さん、挨拶をひとつ」

次郎兵衛が言って、壱兵衛が月見の挨拶を始めたが、だれも聞いていない。「汁はいるかい」とか、「酒だ、酒だ」とか、「団子食べていい？」とか、みんなが勝手にしゃべり出してうるさいこと、この上ない。

小萩が空を見上げると、空にはまた厚い雲が広がっていた。

伊佐が帰って来たが、もうすっかり宴会が始まっているので驚いた顔になった。

「おお、伊佐、いいところに帰って来た。待ってたんだよ。まぁ、一杯やれ」

すぐに茶碗酒を持たされた。

「なんだか、空模様があやしいけど、月を見なくていいのか？」

「なんだよ。固《かて》ぇこと言うなよ」

それからはにぎやかに歌が出て、かくし芸を見せる者もいる。

酒も刺身も煮豆も団子もなくなって、そろそろ宴も終わりに近づいた。そのときになって、やっとだれかが月を見ようと言い出した。

「なんだ、外は真っ暗じゃねぇか」

「明日は雨か。休みだな」

うれしそうな声をあげるのは瓦職人の安造《やすぞう》で、隣で野菜の棒手振りの金太《きんた》は「商売にならねぇよ」と渋い顔をしている。

「おとうちゃん、月が見えないよ」

半助の声がした。小萩は空を見上げた。明るかった空は雲に覆《おお》われて、月も星も見えない。

「見えないって。そりゃあ、おかしいよ。月はあるんだ。見えねぇはずはねぇだろう」

八助が答える。

「見えないもんは、見えないよ」

「ちゃんと目を開いて見てるか。本当に見たいって思っているのか？　見る気になんってねぇんだろ。俺には、よおく見えるよ。明るくて大きな、お月様だ。あ、うさぎが餅をついてる」

「嘘だぁ。どこにあるんだよ」

「おめぇの目は節穴だな。よし、俺の目ん玉、おめぇに貸してやる」

ぐりぐりと目の玉を取り出したふり。息子の目に押し付けるふり。

「な、見えただろ」

「ちぇ。おとうちゃんは、いっつもこれだ」

みんなが笑う。小萩も笑った。

からん。

心の中で何かがほどけた気がした。

――見えなくても、そこにある。

そうだ。専太郎はいる。恒の思い出の中に、たしかに生きている。

恒は専太郎という人と出会い、一緒になることを誓い、二人の未来を夢見た。

専太郎は亡くなったけれど、二人の過ごした時間は今も恒の中にある。

思い出は消せない。過ごした時間をなかったことにはできない。それを無理やり忘れようう、けじめをつけようとするから苦しいのだ。忘れなければという思いと、忘れたくないという思いがぶつかってしまう。

忘れられない自分を許す、受け止める――そういう道もあるのではないか。そう、恒に伝えたい。

小萩の頭に一つの菓子の姿が鮮やかに浮かんだ。

片づけをすませて部屋に戻ると、伊佐は千草屋の作兵衛にもらった菓子帖を広げて眺めていた。

「私、決めたの」

「うん、何のことだ？」

伊佐が顔をあげて小萩を見た。

「注文通りの菓子をつくるのが菓子屋の仕事。でも、たまには、お客さんの注文のその上をいってもいいと思うの」

「なんのことだ？」

「恒様の、お月様の菓子のこと」

「ふうん、そうか。そういうこともあるかもしれないな。頑張れよ」

伊佐は少し笑い、また、菓子帖に目を落とした。


翌日は朝から雨だった。厚い雲が空を覆っている。

夕方、恒が傘を差してやって来た。

「ねぇ、せっかくの十五夜だというのに、雨になってしまいましたわ」

無理につくった笑顔を見せた。

小萩は奥の三畳に案内をした。

「前もって見本をお見せするとお約束しましたが、それがかないませんでした。申し訳ありません。でも、昨晩、雲に覆われた暗い空を眺めていたとき、ある方がおっしゃいました。その一言で、今朝、私はこの菓子を仕上げることができました」

小萩は菓子箱を差し出した。

「恒様のためにおつくりしたお菓子はこちらです。菓銘は『月を惜しむ』。万葉歌人、柿本人麻呂の挽歌にちなみました」

　小萩は菓子箱の蓋を開けた。

　中には、月に見立てた黄身あんを葛でくるんだ菓子。添えられた短冊には、細筆で菓銘とともに歌が書かれている。

『あかねさす日は照らせれど　ぬばたまの夜渡る月の隠らく惜しも』

「この少し淋し気な姿の菓子は、二十一屋の主《あるじ》の片腕だった、亡くなったおかみさんが残した菓子帖にありました」

「淋しいなんて、そんな……。静かな、心安らぐ姿です。この月は遠い空に浮かんでいるのかしら。それとも、どこか深い水の中で眠っているのかしら」

　恒はつぶやいた。

「十五夜にふさわしい、一番明るく、大きく輝いているお月様のお菓子をというご注文でしたが、私には、どうしても、そういう菓子をつくることができませんでした。お客様の心に合う菓子は、それとは違うもののような気がしたのです」

　小萩はひとつ取って、銘々皿にのせて勧めた。

「姿は見えなくても、月はどこかに行ってしまったわけではありません。雲の向こうに、ちゃんとあります。十五夜の月が輝いているんです。お客様は前に進むためには、専太郎様を忘れなければならないと思い詰めていらっしゃいます。でも、同時に、忘れたくないともがいている。『忘れなければ』と『忘れたくない』の二つがせめぎ合っているから苦しいんです。このままでは、お客様のお体が心配です」

恒は小さくため息をつくと、目頭をぬぐった。

「差し出がましいことを申してあげてすみません。でも、これだけは言わせてください。無理に忘れなくても、いいのではないですか。思い出は思い出のまま、前に進む道もあるはずです。お客様にはその道を探していただきたいんです。そう思って、この菓子をつくりました」

「……でも、専太郎さんは私に、さようならと……」

「それは、自分のことをすべて忘れてくれ、という意味ではないと思います。姿は見えなくても、お月様はあるんですよ。専太郎様も恒様の心の中に、これからもいらっしゃるんです。だから、無理に忘れようとしなくてもいいんですよ。そんなことは、最初からできないんです。時とともに、満月は半月になり三日月へと姿を変えていきます。お客様の思い出も変わっていくでしょう。そういう風に時の力に任せてもよいのではないですか」

恒はまぶしいものを見るように目を瞬《しばた》かせた。

「私の想像ですが、専太郎様のご友人でいらしたという剛三郎様の心の中にも、専太郎様はいらっしゃるかと思います。だから、剛三郎様は、恒様の淋しい、悔しい、悲しい気持ちを、分かっていらっしゃいます。その上で、これからの人生をいっしょに歩んでいく。そういうおつもりではないのでしょうか」

恒は黙って菓子を眺めている。

やがて、小さな涙が一つこぼれ落ちた。

「ありがとうございます。いいお菓子をつくっていただきました。じつは剛三郎さんにも、同じことを言われたんです。いずれ時が解決するんだと。その時のために、ゆっくり歩んでいければいいではないかと。でも、私は、その言葉を素直に受け止めることができなかったんです。あんまりお優しいので、申し訳なくて」

小萩は新しいお茶をいれた。

湯気とともに、すがすがしいお茶の香りが部屋に満ちた。

「私は自分の思いにこだわりすぎて、まわりが見えなくなっていたのかもしれませんね。このお菓子を見世に持ち帰って、みんなでいただくことにします。剛三郎さんとも、ゆっくりお話をすることにいたしましょう」

「そう言っていただけると、私もうれしいです」

小萩は静かに頭を下げた。

恒は片手に傘を差し、もう片方の腕に菓子の入った木箱を大切そうに抱いて、見世を出て行った。

重陽《ちょうよう》の節句に菊の香を

一

九月九日は五節句の一つである重陽《ちょうよう》の節句だ。「菊の節句」とも呼ばれるこの日は丹精した菊を愛でる宴を開き、菊酒を飲んだり、菊湯に入ったりして無病息災や長寿を願う。

小萩は江戸に来て「着せ綿《きせわた》」というものを知った。

宴の前日に菊の花に真綿を被《かぶ》せて香りや露《つゆ》を移し、その真綿で顔や体を拭くと病を遠ざけるといういわれだ。京から伝わって来た習慣だそうだ。

牡丹堂の「着せ綿」は、菊の花を描いた煉り切りに、白い煉り切りをそぼろ状にしてのせている。意味を知らなければ、せっかくきれいな菊の菓子に、無駄な飾りがついているようにしか見えない。

はじめて見たとき、小萩は「なんですか、この白い糸くずみたいなの？」とたずねて、「なんだ、着せ綿も知らねぇのか」と幹太に笑われて恥ずかしい思いをした。

この季節の楽しみは、菊見だ。屋根のついた囲いの中に鉢植えの菊を並べ、それを見物するのである。一本の株に百も千も花をつけた懸崖《けんがい》造り、大輪の花を咲かせたもの、さらに鶴や帆掛け船を菊で仕立てたものなど、その技に驚かされる。

それらは植木職人の手によるものだが、自分たちで菊を育てて愉しむ人たちも多い。日本橋や神田あたりの路地を歩くと、家の軒下にいくつも菊の大鉢を並べて、みごとな花を咲かせている家をいくつも見かける。

「重陽の節句に人寄せをするので、その日の菓子をお願いしたい」

そう言って小萩庵をたずねて来たのは、日本橋の紅屋《べにや》の主の藤兵衛《とうべえ》である。紅屋は白粉《おしろい》や口紅など化粧用のはけや筆を扱う見世である。紅屋のはけや筆は使いやすく、きれいに仕上がると女たちの間で人気が高い。小萩もふるさとの幼なじみたちに頼まれて、いくつも買って送った。海辺の村でそうそう化粧をする機会などあるはずもないのだが、持っているだけでうれしいというのが女心である。

藤兵衛はびんのあたりに白髪が混じる品のいい顔立ちをしていた。黒羽二重《くろはぶたえ》の羽織と着物に博多織《はかたおり》の帯を合わせた粋な姿《なり》をしている。化粧道具を扱う見世の主だから流行に通じているのだろう。

「お世話になった方が大の菊好きでね、私もその方に教えられて菊を育てるようになったんですよ。そうしたお仲間が集まって宴をいたします。その折のみやげ菓子をお願いしたい。数は七つ。五種類を折に入れていただけますでしょうか」

「重陽の節句にちなんだ菓子といえば、たとえば、煉り切りの着せ綿、万寿菊《まんじゅぎく》を模した饅頭、一粒栗の羊羹などではいかがでしょうか」

小萩がすらすらと答えると、藤兵衛は首を傾げた。

「いやぁ、悪くはありませんが普通ですなぁ。それなら別の菓子屋さんでもお願いできる。せっかく、小萩庵さんに頼もうというのですから、もう少し違った。そうですなぁ。……菊の花はなくともよいんですよ。花はなくとも、そこにある」

言われて小萩は困った。

菊の季節に菊の菓子を使わないのか。

「だって、私たち菊好きからしますとね、もう、ひと月も、二月も前から、頭の中は菊でいっぱいなんですよ。一年、大切に育ててきた菊の答え合わせのようなものですからね、ちょっとつぼみのつき方が足りないんじゃないか。葉の色が悪いような気がする。うまく育っていてくれれば、また、それも心配でね。あんまり早く咲いてしまっても困るんですよ。そりゃあ、もう、自分の子供、いや、孫ですな。ちょいと、くしゃみをしただけで風邪をひいたか、熱があるんじゃないか、薬を飲ませろと騒ぎ立てたくなる。まぁ、そうやってあれこれすると、たいてい失敗するんですがね。もう、じっと堪《こら》えて、菊の力を信じてやるほかはない」

藤兵衛は笑みを浮かべた。

「まぁ、そうこうしていると、本郷《ほんごう》、巣鴨《すがも》、駒込《こまごめ》と菊の便りがやって来る。見に行くわけですよ。さすがに本職の植木屋さんの仕事はすばらしい。菊を眺め、香りに包まれて夢見心地になる。達人に肥料はどうの、土はこうのと教えを乞うてね、また発奮して帰って来る。そんな風にして迎える、我が家の菊の宴ですな」

「では、その日は、お客様のような菊好きが集まって、菊談義をなさるんですね」

「はい。けれど、別に私たちは菊花を持ち寄って競い合うわけじゃありませんよ。私たちに菊というすばらしいものを教えてくださった先達をお迎えして、ゆるゆると一日を過ごすという日なんです」

「お仲間はみなさま、お見世の御主人でいらっしゃるのですか？」

「そうですよ。先達は私たちに菊の愉しみを教えてくれただけではない。商いの道を示してくださった大恩人なのですよ」

やっと話が見えてきた。

「重陽の節句にちなみ、その方の長寿を祝い、御恩に感謝する、そういう集まりでしょうか」

「そうそう。でも、そんな風に堅苦しいものではなくてね」

そのとき、須美が茶と菓子を運んで来た。茶菓子は最近、徹次と伊佐が仕上げた羊羹である。

小豆こしあんと白こしあんを幾筋も層にして重ね、切り口が年輪に見えるよう工夫したものだ。

「ほう。年輪ですか。年を重ねて栄えていく。めでたい絵柄ですなぁ」

藤兵衛は言った。

「こちらの年輪羊羹はこの秋つくらせていただいたもので、ご長寿を祝い、ご家運ますますの隆盛を願うものとしてお使いいただけるのではないかと思っております」

「なるほど、なるほど。きれいな年輪だ。これは、なかなかに手間がかかるものなんでしょうなぁ」

「はい。手間もですが、このようにきれいな年輪を描くのには技がございます。こちらの親方と職人で半年がかりで仕上げました」

伊佐の仕事だから、小萩の言葉にもつい熱が入る。

「おお、思いのほか、やわらかなんですな。うん、うん。なめらかだ」

「はい。二十一屋には本煉りの歯切れのいい羊羹がございますので、こちらは少しやわらかめに口どけよく仕上げております」

どっしりと重く、歯切れよく、甘味のしっかりした本煉り羊羹は贈答品として人気が高い。しかし、自分で食べるなら、もう少しやわらかいものがいいという人もいる。それで、年輪羊羹はやわらかめにして、かつ甘味も豊かに感じられるようにした。

「ほうほう、これは面白い」

藤兵衛は目を細めた。

藤兵衛を見送って井戸端に来ると、須美が木立に向かってなにか口ずさんでいる。

「すぅなぁはぁちぃ　こぉのぉぶんきぃくぅうのぉ……」

どうやら昔、稽古《けいこ》していた仕舞《しまい》らしい。

気配を感じて、須美が振り返った。

「あら、いやだ。聞かれちゃった？　久しぶりに少しさらってみたのよ」

「どういう演目なの？」

「『菊慈童《きくじどう》』って言う能の演目でね、重陽の節句にはよく演じられるのよ」

昔、男たちが薬効のある湧き水を求めて山中を歩いていると、菊の花の咲く庵《いおり》があった。そこで休んでいるとどこからか美しい少年が現れた。

「少年は自分は周《しゅう》という国の穆《ぼく》王に仕えていた者で、王様の枕をまたいでしまった罪で城を追われたと言って、王からいただいた枕を見せるの。でも、周という国はずいぶん前に滅んでしまっている国なのね。少年は不老不死の薬である菊水を飲んで七百歳となったと、男たちにもその菊水をすすめて消えていくの」

「つまり、その少年は仙人だったの？」

「そうよ。だから、七百歳なの。重陽の節句に菊酒を飲んだり、菊の枕で眠るでしょ」

「そういういわれなのね。だけど、枕をまたいだだけで城を追い出したなんて、ひどい暴君ね」

須美も悲しそうな顔でうなずいた。

「能のお話って悲しいものが多いのよ。私はこれを謡《うた》っていると、小さな子供の姿が心に浮かぶの。子供ってちょっとしたことで熱を出したり、お腹をこわしたりするの。か弱い命なのよ。戦で親をなくしたり、ひどい飢饉《ききん》になったりすれば子供は生きていけないわ。楽しいことがひとつもなくて死んでしまった子供が、せめて、仙人となって菊の花のたくさん咲いたきれいな場所で過ごしていたらなぁ、という気持ちから生まれた物語だと思うのよ」

訳あって息子と離れて暮らす須美らしい思いだった。

裏庭の隅に紫色の小菊が群れて咲いていた。

「そうだわ、ねぇ、さっきの方は、重陽の節句のお菓子のご依頼？」

湿っぽくなった気持ちを切り替えるように須美がたずねた。

「そうなの。菊好きな方の集まりで、中心になる方は菊の愉しさだけでなく商いの道を教えてくれた大恩人なんですって。最初、重陽の節句にちなんだ着せ綿とか、いろいろ申し上げたら、そういうよくあるものではなくてもっと、こう、違った……。たとえば、いっそ菊の花の意匠を使わないとか……」

「難しいわねぇ」

「そうかしら」

「だって、そういう方たちの宴ではお部屋中に菊の花を飾っていたりするでしょう。庭にも菊が見えて、お軸は菊慈童で、お椀に菊の花が浮かんでいたりするの」

「ああ、そうねぇ。そういうことなのね」

小萩は膝を打った。それなら菊はいらないだろう。

「納得、納得」

その途端、ある考えがひらめいた。

「そうだわ。花はないけれど香りがするのはどうかしら。菊の香りのする菓子」

「あら、面白いわ。さすが小萩さん」

仕事場に戻って伊佐に相談した。

「つまり、酒饅頭ってことか？」

「酒饅頭じゃ普通でしょ。それに熱を加えたらお酒の香りは残るけれど、菊の香りはとんじゃうわ。……だからね、菊の花びらで包んで香りを移すとか……」

「桜餅の葉っぱみたいなやつか」

幹太が話に加わった。

桜餅は桜の葉の塩漬けでくるむ。ほんのり塩気と桜の葉の香りが移る。しかし、桜の葉には独特の香りがあるからできることで、菊の葉を塩漬けにしたからといって香りが出るとは限らない。そもそも、今から塩漬けにしたのでは重陽の節句に間に合わないではないか。

小萩は頭を抱えた。

「おお、考えろ、考えろ。頭絞るのが、菓子屋の仕事だ」

留助が勝手なことを言った。

仕事場の隅に座って紙を広げた。白い紙をにらんでいても何も浮かばないので、お葉の菓子帖を広げて眺める。

隣では清吉が習字をしていた。

牡丹堂に来たばかりのころは、ひらがなしか書けなかったが、須美に教わって漢字を覚えた。このごろでは「最中」も「饅頭」も書けるようになった。

今、練習しているのは「羊羹」だ。細長く切った裏紙を使っている。

画数の少ない「羊」と画数の多い「羹」をまとまりよく納めるのは難しい。

清吉は息を詰め、筆先に集中して書いている。留助ががたがたとやかましく音を立てても、徹次と幹太が大きな声でなにか話をしていても、まったく気にならないらしい。

十二歳と言われて牡丹堂に来たが、それにしては体が小さい。ずいぶん経って、本当はまだ十歳だと打ち明けた。以前暮らしていた両国の家は、身寄りのない子供をたくさん預かって育て、男の子は奉公に、女の子は吉原に出すのを仕事にしているそうだ。食べ物も十分でなく、わずかなことでぶたれたり、蹴られたりしたらしい。あまり笑わず、いつも何かに怯《おび》え、人の顔色をうかがっていた。その家は勝代がかかわっていることも、後になって知った。

「羹」の字を「はらい」で終えて、清吉は大きく息を継いだ。

「おう。上手に書けたじゃないか。おいしそうな羊羹だ」

伊佐がやって来て、褒めた。

「すげえな。俺より、うまくなっちまった」

　留助も続ける。

「清吉は仕事がていねいだ。真面目に、こつこつと努力を積み重ねていける。いい職人になれるぞ」

　徹次に言われて、うれしそうな顔になった。


　しばらくすると、徹次をたずねて菓子屋の若主人二人がやって来た。曙のれん会のことで折り入って相談したいことがあると言う。

「相談ってなんだ？」

　徹次は渋い顔をした。最近の曙のれん会は長老組と若主人組の二つに分かれて、もめている。そういうもめ事からは極力離れていたいのが徹次である。

　しかし、二人はすでに座敷で待っている。

「相談の内容については、何もおっしゃっていませんでした」

　須美が答える。

「今、手が離せない」

「お手すきになるまで、待っているからと、先ほど」

答える須美も困った顔になる。向こうは会えるまで帰らないつもりで来ているらしい。

小萩が井戸端に行くと、幹太も出て来た。

「あの二人さ、美里屋《みさとや》で見たよな」

言われて小萩は思い出した。

留助の女房のお滝《たき》のお腹が大きいとき、なぜか突然、なずなが食べたいと言い出した。それで、留助と幹太と小萩の三人で田舎料理が得意な、日本橋の美里屋をたずねたのだ。

まだ見世を開けぬ午後に勝代がやって来て、後からそろりと二人が来た。

どうやら、込み入った相談をしているらしいことがうかがえた。

「背の高い方が近江屋《おうみ》の若旦那の栄次郎《えいじろう》さん。低くて色白が、京扇屋《きょうせん》の若旦那の繁太郎《しげたろう》さん。どっちも勢いのある菓子屋だ」

あちこちの菓子屋に出入りしている幹太は、さすがに詳しい。

「つまり、あの二人が若者組の中心になっているのか？」

伊佐もやって来て、話に加わる。

「しかしさぁ、よく、あの勝代と組む気になるよなぁ。俺だったら、おっかなくて手が出せねぇよ」

留助も顔を出す。

ふと、会話が止まったと思ったら、幹太、伊佐、留助の視線が小萩に集まっている。

「おはぎ、様子をうかがってこいよ。茶でも出しながらさ」

幹太が言った。


小萩が茶を運んでいくと、話はそろそろ本題に入ろうかという頃合いだった。

「伊勢松坂の勝代さんは、いつも、二十一屋さんのことを褒めていますよ。二十一屋さんがいるから、うちの職人も仕事に熱が入る。二十一屋さんは、自分たちにとって格好の競争相手だとおっしゃっていました」

栄次郎が言う。年の頃は三十を少し過ぎたくらいか。えらの張った四角い顔に力のある黒い目、がっしりとした体つきをしている。

色白の細面《ほそおもて》、やせて怜悧《れいり》な感じのする繁太郎が口を開いた。

「まぁ、二十一屋さんにしたら勝代さんにはいろいろな思いがあるかとは思いますがね、私たちには心強い味方なんですよ。あの人は私たちがずっと思っていて、言えなかったことを言ってくださる。たとえばね、以前、曙のれん会の寄り合いで、こんなことを言った。覚えていらっしゃいますか？」

――曙のれん会はみんな仲良く和合し、助け合いながら江戸の菓子を盛り上げようというのが趣旨だとうかがっております。それなのに、なぜ、将軍家の嘉祥《かじょう》菓子は長きにわたって大久保主水《おおくぼもんど》様、その他、数軒のみと決まっておりますのでしょうか。六月の嘉承の祝いの折、将軍家では二万個にも及ぶ菓子を大久保主水などに注文を出す。うらやましい、自分たちも加わりたいと思っている見世は多いのだ。

「将軍家だけではありませんよ。茶席菓子でも三千家《さんせんけ》、つまり表《おもて》千家、裏《うら》千家、武者小路《むしゃのこうじ》千家の御用を賜《たまわ》るのは古くからお付き合いのある見世だけで、新しい見世が加わることは難しい。いや、どこにもそんなことは書いてはありません。ですが、そういうことになっている。つまりは忖度《そんたく》です」

「ううむ」

徹次は腕を組み、うなった。

かつてはもっと大らかで、新興の菓子屋もあちこちの門をたたいて、自分のところの菓子を売り込んでいた時代があったそうだ。だが、今は、そんな僭越《せんえつ》なことは許されない。将軍家、有力大名家、茶道家元、大きな神社仏閣などは曙のれん会の重鎮たちが押さえていて、歴史の浅い、中小の菓子屋が声をあげることは控えよということになっている。将軍家や家元が言うのではない。中小の菓子屋が「分をわきまえている」のだ。

「勝代さんは、それはおかしいと言うんですよ。あの人は吉原の大島楼《おおしまろう》の出ですからね。

吉原というのは力のある者が生き残るそういう世界だというんだ」

客が見世に上がる時、最初に会うのはやり手婆である。一見《いちげん》の客の人品骨柄を見極めるのはやり手婆の仕事だ。

上客と思えば、器量良しで客あしらいのいい女をつける。反対に、金がない、乱暴者、酒癖が悪いと見られたら、人気のない女を回す。

女たちも、客あしらいを工夫して、馴染み客をたくさんつくれば、さらにいいお客を回してもらえる。そうなれば、見世での扱いもよくなっていい部屋に住めるし、多少の無理もきく、気前のいいお客なら好物をみやげに持って来るし、かんざしや着物も買ってくれるだろう。

「頑張っただけ、いい目を見られるというのが、あの世界なんです。だから、知恵を絞る、工夫する。そうやって吉原の町全体が伸びていくんです」

「いや、しかしね、あんたたちはそう言うけれど、大久保主水さんたち江戸の菓子屋が隆盛になるまでには、ずいぶんと苦労があったんだよ。菓子は京《みやこ》にかぎる。江戸の菓子には見るべきものがないってずっと言われていた。江戸の菓子屋も京菓子にはかなわないと思っていた。それを変えたんだ。そのことは認めてやってもいいんじゃねぇのか」

徹次は渋い顔で言った。

酒も食べ物も、織物も京下りが上、江戸は二流品と見られていた時代が長く続いた。菓子も、京菓子に劣るとされた。けれど、江戸は武士がつくった武士の町だ。雅《みやび》な京の好みとは相いれないものがある。秋ともなれば、京では寺社の境内を鮮やかな紅葉が彩るだろう。江戸は銀杏《いちょう》の金色と柿の実の赤さだ。江戸の町の至る所から見える富士は夕暮れに染まる。心に浮かぶ景色が、京と江戸ではまるで違うのだ。

江戸の菓子屋は江戸の人の心に響く菓子を模索した。長い時間をかけて、幕府や茶道家元たちに江戸菓子を認めさせたのだ。

「つまり、今のやり方が当然だと。そうですか。私たちは生まれて来るのが遅かったんでしょうかねぇ」

繁太郎が皮肉っぽい言い方をした。

小萩はそこまで聞いて部屋を出た。

なんとなく、今までの勝代のやり方に納得がいったような気がした。

勝代が住むのは、勝ち負けのはっきりとした力の世界なのだ。だから、曙のれん会のような従来のしきたりを重んじ、序列を大切にするというやり方は面白くない。

井戸端では幹太たち三人が待っていた。

「中じゃ、どんな話をしていた」

幹太がたずねた。

「うん、だからね……」

小萩は仕事場の戸口のあたりに清吉がいることに気づいた。かつて幼い自分を拾ってくれた勝代に母親の面影を求め慕っているところがある。勝代が悪く言われるのは聞きたくないだろう。

「つまり、二十一屋も仲間に入ってくれってことか？」

伊佐がたずねる。

「それはないさ。曙のれん会に誘ってくれたのは、船井屋本店さんだ。あそこは旦那さんが修業した見世だし、今の当主の新左衛門さんにも世話になっている。まぁ、仲間に入らなくてもいいから反対はしてくれるなってところかなぁ」

留助が訳知り顔で言う。

「うちらのところまで来るっていうことは、相当根回しが進んでるってことだよなぁ。なんか、起こるのかなぁ」

幹太がちろりと舌を見せる。

そのとき、徹次がのそりとやって来た。

「なんだ、お前たち、みんなそろってなんの話だ」

「親父、お客さんは？」

「とっくに帰った。帰ってもらった」

話にならなかったということか。

「なんか、うまいあんこを炊きたくなったなぁ。伊佐、手伝ってくれ」

そう言って仕事場に戻って行った。

二日ほどが過ぎた。午後、小萩が見世に立ってお客の相手をしていると、藤兵衛がやって来た。

「いや、近くまで来たものですからね、どんな具合かと思いましてね。進捗はいかがですかな」

笑みを浮かべてたずねる。

「はい。今、あれこれと考えているところです。もう少々お待ちください」

「ゆっくり考えていただいて、いいんですよ。日はまだ、ありますからね」

じつは何も決まっていない。

菊の香りを移した菓子をあれこれ試してみたのだが、なかなかうまくいかない。

花見といえば、春は桜で、秋は菊だ。

桜の季節には、独特の香りをもつ桜餅がある。菊の香りの菓子をつくって売り出せば大人気間違いないのに、いまだに菊餅がないということは、そう簡単につくれないということだ。

相変わらず、お葉の菓子帖を開いたり、伊佐に千草屋の菓子帖を借りたりして眺めているのだが浮かばない。

「そうですか。いや、楽しみだ。今日はそちらではなくてね、この前の年輪羊羹、あちらを注文させていただきたいと思ってやって来たんですよ」

「年輪羊羹ですか？」

「あれはよかった。模様もきれいだし、味もいい。見世にはおいていないようだけれど、売っていないのかな」

藤兵衛は頭をめぐらせて見世を見回す。

壁には「本煉り羊羹」や「名代《なだい》豆大福」と書いた紙が下がっているが、年輪羊羹の文字はない。見世のお客たちも、おや、という顔になった。

「はい。年輪羊羹はまだ新しいお品物なので、今は、注文を頂いておつくりしております」

「そうですか。では、注文させていただけますか」

「はい。おいくつぐらい、いつまでに」

「五日ほど後の昼に二十棹《さお》。歌舞伎の市村座《いちむらざ》の初日の幕が開きますから、その差し入れですよ」

藤兵衛の見世、紅屋は化粧用のはけや筆を扱っている。役者は上得意なのだろう。しかし、羊羹二十棹とは豪華なことだ。

「お待ちくださいませ。主を呼びますので、詳しいことを相談させてくださいませ」

小萩は答えた。

夕刻、井戸端で洗い物をしていると幹太がやって来た。

「おはぎ、悪いな。今日、ちょっと頼まれてくれないか。俺を迎えに来てほしいんだ」

「迎えに？」

「ああ。曙のれん会の寄り合いがあるんだってさ。そんで、親父は自分の名代《みようだい》で俺に行けっていうんだよ。自分は忙しいからって。聞いたら、寄り合いの後、酒が出て、なんだかんだで遅くなるんだってさ。そういうの面倒だから、おはぎ、適当なところで呼びに来てくれよ」

「私が？」

「うん。こういう場合は女がいいんだ。男だと、ご一緒にどうぞなんて誘われるだろ」

日が暮れて、ほどよい時刻になったころ、小萩は幹太を迎えに行った。

寄り合いは日本橋の山川《やまかわ》という、なかなかに名の知れた料理屋である。ぐるりと黒塀に囲まれた見世の近くに来ると、どこからか三味線《しゃみせん》の音が響いてきた。

玄関まで出て来た女に、幹太を呼んでくれるように伝える。待っていると、廊下の向こうから幹太と繁太郎がやって来た。

「あなたが小萩さんですか。いや、いや、先日はご挨拶もしませんで失礼をいたしました。お待ちしていたんですよ」

繁太郎は愛想よく挨拶をする。

「私を、ですか？」

「先ほどから、若手が集まっておりましてね、これからの菓子屋はどうすべきかなど、それぞれに抱負を語っていたんですよ。その折、あちこちから小萩庵さんが気になる、ああいう商いをしてみたいという声があがりましてね。この機会に、ひとつお話を聞かせていただきたいと思っております」

幹太が近づいて来て小声でささやいた。

「悪いなぁ。そんなわけでさ、なんか、みんなが小萩庵のことを聞かせてくれって言うんだよ。ちょっとだけでいいから、話してやってくれねぇかなぁ」

「だって……」

話が違うじゃないかと目で訴える。

——まぁ、しょうがないだろ。ちょっとつきあってくれよ。

とまた、幹太が目で返す。

なんとなく見世にあがることになってしまった。

座敷に行くと、菓子屋の若旦那とおぼしき二十代から三十代の若い男たちが十人ほど集まっている。形ばかりの料理はあるが酒はない。茶を飲みながらのいたって真面目な話し合いの場であるらしい。

「二十一屋の小萩と申します。お初にお目にかかります」

挨拶をして顔をあげると、みんなの目が集まっていた。

「さっそくなんですけれどね。あの小萩庵はどういういきさつで始めたわけですか」

栄次郎が口火をきった。

「ええっと……、そうですねぇ」

「どうして、女のあなたが仕事場に入れたんですか」

上等の上田紬《うえだつむぎ》を着た大店の若旦那然とした若い男がたずねた。

「ああっ、そう……」

急に言われて口ごもっていると、幹太が助け舟を出した。

「牡丹堂は毎朝全員で、大福を包むことになっているんですよ。それで、この小萩もあん玉を丸める仕事を割り当てられた。うちは小さな見世だし、亡くなったお袋も菓子をつくっていたから、男だ女だってことはあんまり気にしないんだね」

ほうと、声があがる。

最初から仕事場に入れてもらったから小萩は不思議に思わなかったが、女は仕事場に入れないという見世は少なくないのだ。

「そうなんです。私は鎌倉のはずれの村の生まれで、母が大おかみと知り合いというご縁で三年ほど前に寄せていただいたので、親方もあんの炊き方とか、いろいろ見せてくださいました」

「つまり、あなたはおかみの知り合いとはいえ、使用人の一人で、職人でもないわけだ。じゃあ、なんで、そのあなたの名前を冠したんだろう」

後ろの方にいた顔に黒子《ほくろ》のある男が解《げ》せないと言うように首を傾げた。

「そうですねぇ。私にもそのあたりのことはよく分かりません。菓子の仕事についたのも十六と遅いですし、今も見世に立ってお客様の相手をします。みなさんのように一日中、菓子にふれているという訳にはいきません。一生懸命やっていますが、幹太さんやそのほかの職人さんの技には及びません。けれど、私だからこそ気づくこと、できることがあるのではないか。そのことを大事にしろと言われました」

「あなただから気づくことというのは、どういうことなんですか？」

「私がお客様に近い気持ちでいるからだと思います。菓子屋には女のお客様が多くいらっしゃいます。たとえば、手みやげにするならこれくらいの大きさで、値段はこれくらい。包みはこんな風という希望があるのですが。そのあたりのことは、殿方よりも私の方がよく気がつくかもしれません」

「うん、そういえば、私は妹たちが喜ぶものがさっぱりわからないからなぁ。どこが違うんだとたずねると、全然違うじゃないかと言われる。もう少し、ちゃんと、聞いてみなくちゃいけなかったのか」

一人が言い、「俺もそうだ」「ああ、まったくだ」と声があがる。

次々と質問が出て、小萩はひとつひとつに一生懸命に答えた。

小萩は自分が堂々と声を張って、みんなの前で思いを告げていることに、驚いていた。

以前だったら、こんな風にしっかりと自分の言葉でしゃべることはできなかっただろう。

恥ずかしそうにうつむいて、短い言葉を発するだけだったのではあるまいか。

それは小萩がこの三年の間に積み上げてきた経験というものだと思った。

「最初の仕事は、おかみさんを亡くしてふさいでいる袋物屋のご隠居の話を聞くことでした。娘さんがご隠居のために茶話会を開くので、どんな菓子がいいのか聞いてきてほしいと言われました」

隠居は背中を丸めて黙りこくっていた。小萩はなんとか話をしようと、何度も通った。

「何を話しかけてもお返事がなくて、私は困りました。そのとき、お客様からは返事がなくてもいい、菓子の希望を聞けなくてもいい。座っていてくれと言われました。それで、気持ちが楽になりました」

小萩にとっても忘れられない出会いだった。

「時間がかかりましたが、亡くなったおかみさんとご隠居の思い出にふさわしい菓子を用意し、みなさんに喜んでいただきました。私もたくさんのことを学びました。その後、話を聞いた方から注文をいただいて、少しずつそれが増えていきました」

男たちはそれぞれ、何か考えている。

「しかし、そんな風に手間暇かけて菓子をつくっても、そう高い値段はとれないよなぁ。なんで、わざわざ、そんな面倒なことをするんだ」

端に座っていた若い男が声をあげた。

「だから、注文をきっかけに、新しいことを考えて工夫したり、試したりしたいんだよ。いいものができれば、見世で売ることもできるし、新しい客筋も開拓できる」

「ああ、それはいいな。俺も、あれこれ新しい菓子を考えるのは大好きだけど、売る場がない」

うなずき合っている。

「考えるだけでもすごいですよ。私はなんでも好きなものをつくってよいと言われても、まったく思いつきませんからね」

繁太郎が言った。

「京扇屋さんはわざわざ新しい菓子を考えなくても、今までにつくってきた菓子がたくさんあるじゃないですか」

「それが困るんですよ。百年、二百年昔の菓子帖が残っているから、それを見ればたいていのものはある。なまじ私が考えたものなんかより、ずっと立派。美しいんだ」

笑いが起こる。

「うちは新しいことは一切やるなというのが家訓だからなぁ」

そう言ったのは、門倉《かどくら》屋という老舗の跡取りだ。

門倉屋の名物は三代前の主が考えたという東雲《しののめ》羊羹で、それ以外はつくらない。

東雲羊羹ひとつで、五十年以上も見世を続けているわけだ。

それほどに東雲羊羹は名作であるのだが、何一つ、新しいことをするなと言われたら、跡取りとしては少々面白くないだろう。門倉屋の跡取りは、元気の良さそうな若者だった。自分も曽祖父にならって、世間をあっと言わせるような傑作をつくりたいとひそかに願っているのではあるまいか。

それを機に、それぞれが語り出し、にぎやかになった。

小萩は男たちの話を聞きながら、自分のことを振り返った。

今まで仕事場に入れてもらうことも、徹次にあんや羊羹のつくり方を教わったのも、当然のことと思っていた。けれど、それは、とてもめずらしく、幸運なことなのだ。

さらに、小萩庵などと、自分の名前をつけた看板をあげさせてもらうなど、ふつうでは考えられないことなのだ。ありがたいことだと思った。

「まぁ、言ってみれば、小萩庵を開いたことは、あなた様にしてみれば棚から牡丹餅《ぼたもち》ってところですか」

声をかけられて目をあげると、先ほどの顔に黒子のある男がいた。

「そうかもしれませんねぇ」

小萩はあいまいに笑う。

「小豆も米も値があがる。菓子屋が増えて思ったほどは売れない。将軍、大名家の御用菓子屋になっても、金子《きんす》を都合してくれだのなんだのと頼まれてかえって物入りだ。親父やじいさんの頃のような、いい時代は過ぎた」

皮肉な笑いを浮かべた。

「だから、今までとは違う、まったく違う、新しいやり方を考えなくちゃだめなんですよ」

別の男がやって来て言った。

「だから、勝代さんか……」

「あの人のやり方は乱暴なところもあるけれど、見るべきものがある。あの見世はうまくいっている」

「……確かに見るべき点はある」

二人の男は低い声で、勝代の商いについて語り合いはじめた。

小萩は合点した。

栄次郎と繁太郎の二人がなぜ、菓子屋の若主人や惣領《そうりよう》息子を集めて勝代を担ぐのか。

みんなそれぞれ未来を憂い、問題を抱えているのだ。

そのとき、唐突に、藤兵衛の顔が浮かんだ。

まだ、一度も藤兵衛の見世をたずねていなかったことを思い出した。庭の菊を見せてもらおう。暮らし方、菊への思い、重鎮《じゅうちん》の方のこと、お仲間のことを教えてもらおう。それをしないで、仕事場で菓子帖をめくっていても、菓子が浮かぶはずがない。

小萩は膝を打った。

その時、廊下の方が騒がしくなった。ぱたぱたと足音がしたと思ったら襖が細く開き、するりと白っぽい着物の女が入って来た。

中にいた者たちはあっけに取られて、だれも言葉がでない。

「申し訳ありません。酔客《すいきやく》に追いかけられておりまして。少しの間、私を隠してくださいませ」

女は細い声で言った。

ほっそりとした美しい女だった。襟元を詰めた着つけから遊女《ゆうじょ》でないことは分かった。目と目の間が少し離れた顔に見覚えがあった。

阿蘭陀好みのお客の家で会った千波だ。

「こっちへ来いよ」

幹太が部屋の隅の大きな屏風《びょうぶ》を指し示す。千波はすばやく陰に隠れた。

ほどなく「お客様、困ります。お部屋にお戻りください」という見世の者の声とともに、大きな足音が響いてきた。勢いよく襖が開き、大柄な武家の男が姿を現した。酔っているのか、赤い顔をしている。

「女は来なかったか」

武家の男はたずねた。

「いや、来ませんよ」

「どこか、別の部屋とお間違えではないですか」

男たちは口々に答える。

「申し訳ありません。お邪魔をいたしました。お武家様。ここに千波はおりませんよ。ですから、お部屋に戻ってくださいませ。ほかのお客様にご迷惑がかかります。失礼をいたしました」

見世の者は男をなだめたり、菓子屋連中に謝ったり忙しい。

「そうだなぁ。失礼をした」

出て行こうとして振り返る。

「男ばっかりと思ったら、なんだ、女が一人混じっているじゃあねぇか」

ずかずかと部屋に入り、まじまじと小萩の顔を見た。

「しかしお前は芸者じゃねぇな。芸者になるんだったら、もう少し、鼻がこう、つんとしていねぇとな。あは、はぁ、はぁ」

面白くもない冗談に自分で笑い、出て行く素振りを見せ、一同ほっとした。その時、男が顔をあげた。

「なんか、おい。その屛風、怪しいなぁ」

のしのしと屛風に近づいていく。手を伸ばし、屛風をつかもうとする。

屛風の陰から幹太が姿を現した。

「あれ、なにか、ご用ですか。今、ちょうど余興《よきょう》の稽古をしていたところなんですがね」

のんきな声をあげる。

「そうか。すまなかった」

気をのまれて、武家の男は案外おとなしく謝った。

「ほら、お客様。ね、きっと千波はもう部屋に戻っておりますよ。よその方のご迷惑になっては、私共の顔が立ちません。ほかの妓《こ》たちも、お客様の帰りを待っておりますよ」

なだめたり、すかしたりしながら部屋の外に連れ出した。足音が遠ざかっていく。

「もう、いいんじゃねぇのか」

幹太が声をかけると、屛風の陰から女が姿を現した。

銀杏返しに髪を結い、白に藍で蔦のような模様を描いた着物がよく似合った。陶器のような白い顔の頰に少し赤みが差して、長いまつげに縁どられた目は少し離れていて、それが不思議な色気になっていた。

「どうも、お騒がせをいたしました。申し訳ありません。おかげで助かりました。お礼の申しようもございません」

千波は透き通るような声で言った。

「あんた、ここの見世の人かい？　芸者って訳でもないようだけど」

一人がたずねた。

「こちらの主とは懇意にしておりますので、今日はたまたま手伝いに。千波と申します」

もう一度、ていねいに頭を下げると、出て行った。この娘とは、以前、阿蘭陀好みのお客のところで会っている。幹太は、さらに松屋の隠居に薬食いに連れていってもらった見世で鼓を聞いたという。

芸者ではないけれど、お客の席にでるというのはどういうことだろうと小萩は不思議に思った。

小萩もそれを汐《しお》に幹太とともに見世を出た。

気がつくと、半時（一時間）ほど過ぎていた。

「時間をとらせて悪かったな。もっと早く切り上げるはずだったんだけどな」

「ううん。私も勉強になった。仕事場に入れてもらうのも、あんの煉り方教わるのも当たり前じゃないいんだって気がついた。その上、小萩庵まで。私は牡丹堂に来て、本当によかった」

「そうか。そう言ってもらえると、いいんだけどな。……勝代のことをどう思う？」

「……どうって？」

「みんながしゃべっているのを聞いていただろ。あそこにいた何人かは、勝代に心酔しているみたいなんだ。しきりと『勝代さんがこう言った』『あそこでは、こんなやり方をしている』なんて言っていた。実際、教えられたとおりにすると、菓子がよく売れるんだってさ」

「商売上手なのね」

「ああ、それもとびっきりだ」

そう言って、幹太は空を見上げた。

群青色《ぐんじょういろ》の空に星が光っている。

「そりゃあ、菓子が売れるのはいいことだよ。面白いさ。だけどさ、そういうのが俺のやりたいことなのかっていうと、少し違うような気がするんだ。見世を大きくして、人も雇って、菓子をたくさんつくるってことが、じいちゃんや親父の目指していたことなのかな」

「幹太さんはどうなの？　二十一屋で何をやりたいの？」

「ううん、そうだなぁ」

前を歩く幹太の丸い頭が揺れた。若者らしい平らな背中にとがった肩の骨が突き出ている。

「俺はさ、菓子をつくるのが好きなんだ。新しい菓子を考えて、それを喜んでもらいたい。驚かせたい。見世を大きくするっていうのは、二の次だな」

「職人さんなのね」

「そうだよ。じいちゃんも親父も、職人だ。俺は、あんな風に、とことん菓子と向き合って暮らしたい。菓子に惚れているんだ」

「ふうん」

徹次が羊羹をつくる、あんを煉ると声をかけても、なんのかんのと理由をつけて逃げていた幹太が、今は菓子に惚れているとまで言う。

「俺、あちこちの菓子屋の仕事場に出入りしてるだろ。前に、船井屋本店の新左衛門さんに頼んだことがあるんだよ。俺も、ここの仕事場で修業させてもらえませんかって。なんかさ、自分の家にずっといるのって甘やかされてる感じがするじゃないか。一度は他人の家の釜の飯を食えとか、よく言うだろ」

そんなことを考えていたのかと、小萩は驚いた。

「そしたら言われた。お宅には、弥兵衛さん、徹次さんという立派な師匠が二人もいるじゃないですか。どうしてわざわざ、よそに出なくちゃなんないんですかって。『私から見ても今のままで十分うまく行っています。このまま、自由にのびのびやればいいんですよ』ってさ。それで、よそに修業に行くのはやめにした」

「きっと、親方もそう思って、外に出さないのよ」

「そうかもしれねぇな」

幹太は明るい声を出した。

二

朝の大福包みが終わって、これから朝餉という時刻だった。

伊勢松坂の番頭と名乗る男が手代《てだい》を連れてやって来た。伊勢松坂の番頭はしょっちゅう代わる。この日も、見たことのない顔だった。

「朝早くから申し訳ありません。ご相談したいことがございまして」

つるりとした卵のようなやさし気な顔つきの四十に手が届くかという年ごろで、もう一人は二十五、六の体の大きな男である。座敷に上がってもらい、徹次が対した。

菓子屋は朝が忙しい。

店主といっても、徹次は親方で仕事場に立つ。それを知っていて、この時刻にやって来たのか。それだけのっぴきならないことが起こったということか。

いつも茶を用意する須美に代わって、小萩が茶を持って行った。

番頭はさも困ったという顔で語り出した。

「じつはさるお方から本煉り羊羹二十棹の注文を受けておりましたが、急に取り消しをしたいと言われました。なにか不都合でもとうかがいましたら、いやいや、そういうことじゃないと」

「はぁ、なるほど」

徹次はあいまいに相槌《あいづち》を打つ。

「たまたま、こちらの店主がその場におりましてね、一体どういうことか、もっと詳しく聞いて来いと言ったんでございます。ご存知のように、私どもの店主は売上については厳しい人でございますから。それで、恥ずかしながらと、あれこれうかがいましたらば、よそに気にいった羊羹があったから注文を出したと。それがお宅様のことでございました」

「羊羹、二十棹……。もしかして、紅屋様のご注文のことかな」

徹次が答えた。

「はい。左様でございます。うちにご注文をいただいていたものです」

番頭は大げさなため息をついた。

「困りますなぁ。そういう、強引な商いをされますと。よそのお客を取るのは、仁義に反する。もちろん、ご存知でございましょう。そんなことがまかり通っては、せっかく仲良く、助け合っていこうという菓子屋仲間の絆《きずな》がきれてしまいます」

「いや……、知らぬこととはいえ、申し訳なかった」

「……知らぬこと？」

番頭は意外だとでも言うように、口の中でつぶやいた。その言い方に徹次の表情も硬くなる。不機嫌な様子になった。

「お話し中、申し訳ありません。その件は、紅屋様からの注文でございましょうか。それなら、私からご説明をさせていただきたいと思います。親方、よろしいでしょうか」

小萩は割って入った。

「紅屋様は別件でご注文をいただいております。その菓子のことでご相談に見えた折、私どもがつくった新しい羊羹を茶菓子としてお出しいたしました。お客様は面白いとおっしゃって、別の日、わざわざこちらにお運びくださり、注文をいただきました。私どもは先にどこかにご注文を出されていたということは、うかがっておりませんでした」

「そうですか。ご存知なかったと。それでは致し方がありませんな。しかし、うちも、このままというわけにはいきませんで、そちらのご注文の件、なかったことにしてはいただけませんか」

「それは、こちらから、断りを入れろということかな」

徹次がたずねる。

「左様でございます」

つるりとした顔の細い目が鋭く光っている。言葉遣いはていねいだが、有無をいわさぬ力がある。

「なるほどねぇ」

徹次はなにやら考えている。

「ひとつ、うかがいたいんだけど、あんたたちがここに来たのは勝代さんに言われたからか。それとも、自分の考えで来たのか？」

「……それは、私の考えではありますが。同時に、店主の意志でもあります」

「ふうん。あの人とは、曙のれん会でも何度も会っているけどね。……小萩。仕事場に年輪羊羹の見本があっただろう。お客さんにお出ししなさい」

小萩は急いで年輪羊羹を切ってきた。

「紅屋さんから注文をもらったのは、この羊羹だ。うちの新しい羊羹で切り口に年輪のような筋がでる。本煉り羊羹とは歯切れも甘さも変えている。おたくの羊羹とは全く別物だ。同じ品物でこっちが値段を安くなどしたならば、お客を取ったと言われても仕方がないが、今回は違う。新しく力のある品物がでれば、そっちにお客が流れるんだよ。そのために、菓子屋は毎日、汗をかいている。おたくのご店主がいつも言っている『それぞれが競い合う』ってのはそういうことだろ」

番頭の顔が青くなった。二人はすごすごと帰って行った。

板の間に戻ると、伊佐たちはとっくに朝餉をすませて仕事についていた。徹次と小萩は須美が取り置いてくれた朝餉を急いで食べた。

「私がもっと気をつけなければいけなかったのでしょうか」

小萩は徹次にたずねた。

「いや、小萩は悪くない。こういうことはよくあるんだ。お客ってのは、気まぐれなんだよ。そういうことにいちいち腹を立ててたら、こっちの身がもたない。伊勢松坂は売上で給金が決まるんだってさ。あの番頭も必死だったんじゃねぇのか」

徹次はそう言うと、先ほどのことなどすっかり忘れたように穏やかな顔つきになった。

その様子を見ながら、小萩はすっきりしない気持ちにとらわれていた。

先日の曙のれん会の集まりでは、勝代のやり方に賛同する人が多かった。たしかに働いた分だけ、頑張った分だけ見返りがあるのは励みになるだろう。そうやって、見世を大きくしよう、いい暮らしをしようと思う。だが、頑張っても結果が出せなかったら、不満をためることになるだろう。

その紅屋の注文の菓子はまだまとまらないでいる。小萩は主をたずねてみることにした。

紅屋は今川橋《いまがわばし》に近い本銀町《ほんしろがねちょう》通りにある。藍色ののれんに平仮名で「べに」と白く抜いている。この見世の筆やはけには同じように「べに」の文字の焼き印が押してある。若い娘たちの憧れだ。

女たちでにぎわう見世を過ぎて裏手にまわると藤兵衛の住まいがあった。勝手口で案内を乞うと、藤兵衛が出て来た。

「お忙しい所申し訳ありません。少し菊のお話をうかがいたくて、参りました」

小萩が伝えると、藤兵衛は相好《そうごう》をくずした。

「いや、今からちょうど水やりの時刻なのですよ。うちの菊たちの様子をどうぞ、見ていってやってください」

けっして広いとはいえない庭は菊の鉢が所狭しと並んでいた。よしずをはって屋根をつけた囲いがあり、その脇は三段の棚でそれぞれに鉢が並んでいる。大鉢もあれば小鉢もある。紅、白、黄、紫。本格的な開花はあと十日ほどだろうか。多くの鉢に大小のつぼみがついていた。

「すばらしいですね。どれぐらいの数の鉢があるんですか」

「数えたことはありませんが、百、いや、もっとかな。株分けをしたり、挿し木をするので、年を追うごとに増えてしまうんですよ」

「水やりもすべてご自分でなさるんですか」

「もちろんですよ。人任せにはできません。同じように見えてもね、一鉢、一鉢違いますから。早く育つものもあれば、ゆっくりなものもある。ある程度、葉を茂らせなければいけないけれど、あまり葉ばかりになってはつぼみがつかない。菊にとってはね、この鉢の中がすべてなんですよ。水も肥料も、日差しも風も。もう少し水が欲しいとか、肥料が足りないよなんてことは言っちゃあくれない。けれどね、こちらが一生懸命、菊の言葉にならない声を聞いてやれば、菊は答えてくれるんです。かわいいものですよ」

小萩は菊をながめた。よく見れば葉の形も姿も、一つ一つ異なっている。

「菊をお好きになったのはいつからですか？」

「その話を始めると長いですよ。部屋でゆっくりお聞かせしましょう」

庭を望む座敷にあがった。

床の間には藍染の鉢に白菊が一輪咲きかけていた。かけ軸の絵は菊慈童か。襖の取っ手も、欄間《らんま》も菊。菊尽くしの部屋である。

静かに藤兵衛は語り出した。

「この見世は、私が二代目なんですよ。もともと祖父の代から紙を扱っておりまして、伯《お》父《じ》は長男なので紙屋を継ぎ、次男である父は筆を扱う見世を始めた。文字を書くには紙と筆がいる。共に栄える組み合わせだ。なかなか、良い考えでしょう。商いはうまく行っていたんですがね、私が十六のときに父は突然の病で亡くなった。それで、私が成人するまで伯父が見世を預かるという約束で、私は知り合いの見世に行った。そこで商いのいろはを習えということでした。私が二十歳になったとき、突然、母に呼び戻された。母は泣いていました」

藤兵衛は薄く目を閉じた。

「たった四年で、見世はすっかり変わってしまっていた。伯父は自分の見世がうまく回らなくなり、その穴埋めに紅屋の上《あが》りを使っていたんですよ。古くからいた番頭と母親が本家の長老に訴えて、伯父とその息のかかった番頭に出て行ってもらった。それは、もう、大変なことだったそうですよ。母親は恩知らずとののしられた。でも、それをしなければ、父が育てた紅屋を私に渡せないと思ったんですね」

女中が茶を運んで来た。その茶で口をぬらし、藤兵衛は語った。

「そんな風にして見世に戻りましたけど、借金だらけなんですよ。給金が払えないので奉公人にもやめてもらいました。古くからの番頭と母と私の三人で見世の立て直しを計った。だけど、そこまで落ちてしまった見世ですからね、うまくはいきませんよ。私に父のような人望があったら、もう少し商いのことが分かっていたら、手元の金があったら……。毎日そんなことを考えていました。そのときに、菊の一鉢をくれた方がいました。菊好きの商人として名を知られた人で、私たちは曇翁《どんおう》とお呼びしています。こう教えてくれたんです」

――花は自分の鉢から逃れられない。この中で己の精一杯を生きる。

「私はそれで覚悟が決まった。今の私には父の十分の一の力もない。紅屋も荒れ果てている。けれど、私は紅屋から逃げ出さない。いつか花を咲かせてみせる」

藤兵衛は床の間の花に目をやった。

「小さいけれど、姿の整った菊でしょう。香りもいいんですよ。菊がいいのはね。命が長いことですよ。ずっときれいに咲いている。朝顔もいい、桜も好きだ。けれど、はかない。はかなすぎる。切なくなる」

その後も家業の再建に奔走していた藤兵衛に曇翁はまた、知恵を授けてくれた。

「せっかく紅屋というきれいな名前なんだ。文字を書く筆ではなくて化粧筆を考えてみたらどうかと。たしかに、文字を書く筆は暮らしに欠かせないものだけれど、それだけ商いは厳しい。お寺さんでも、大きな商家でも、長年おつきあいのある見世があって新しいところが入るのは難しい。化粧筆がいいのは女の人が相手なことですよ。男は長いつきあいのある見世をあっさりふるのは義理が悪い気がする。ところが女の人は、そういうことをあんまり気にしないんですね。これが今の流行りだ、人気だとなったら、あっさり切り替える。そういうところははっきりとしている。それは下駄でも、半襟《はんえり》でも、化粧筆でも同じだ、と教えてもらいました」

古くからの筆といえば吉野《よしの》や有馬《ありま》だったが、そのころ、安芸《あき》の熊野《くまの》でも筆つくりが始まっていた。農家が冬の間、行商で筆を売っていたのだが、自分達でも筆をつくりたいと吉野などから職人を呼び、教えを乞うていた。

「熱心な職人さんがいてね、その人と意気投合しました。向こうも、これから筆で食っていこうという人だからやる気があった。値段も少し安かったし、無理もきいた。私はその筆を持って役者さんだの、花魁《おいらん》だのに会い、使ってもらって太さはどうだ、やわらかさはって聞いて回った。そのうちに、あの人が紅屋の化粧筆を使っている、この人もだという風に噂が立って……。ああ、もう、それからは面白いように売れましたよ。こうして私は見世を盛り立てた。そして、菊が大好きになった」

藤兵衛は遠くを見る目になった。日が落ちて、庭が少し陰って来ていた。

「では、今度の宴にはその曇翁様がいらっしゃるんですね」

「そうです。そして、私と同じように曇翁様に人生のコツを教わって菊好きになった人たちが集まって、一日、ゆっくりと語らうのです」

「では、その日は、部屋いっぱいに菊を飾るのでしょうね」

「いやいや、そんなことはありませんよ。私はね、この菊を飾ろうと思っているんです」

縁側から鉢を抱えてきた。

はけで掃いたような模様の、染めつけの小さな鉢に菊が一株植わっていた。まだ小さな株で、すっとまっすぐに伸びた茎につぼみがついている。

「かつて私も懸崖仕立てにしたり、姿の変わった花を咲かせたりすることに夢中になった時期がありました。けれどね、今は、そういうことに飽きた。いや、そんなことをしなくても、菊を楽しめるようになったんですよ。曇翁様を招いた日に飾るのは、一輪でよい。それで十分なんです。私たちは千も、万も菊の花を見てきた。今も育てている。その一つ一つが心の中にある。菊好きはね、きれいに咲いて花が終わったらおしまい、そんな風には思っていないんですよ。鉢の中に隠れて見えない根も、花を支える細いけれど力のある茎も、咲くはずだったつぼみも愛《いと》おしい。去年の菊も、来年の菊もそこにある。菊を愛でるとはそういうことだ。その心を教わったから、私は紅屋を立て直すことができた」

小萩ははっとして藤兵衛の顔をながめた。

——菊の花はなくともよいんですよ。花はなくとも、そこにある。

あの謎のような言葉は、そういう意味だったのか。

小萩は菊と聞いて花のことだけを考えていたが、藤兵衛の考える菊は若芽であり、つぼみ、枝、菊という植物のすべてなのだ。芽吹き、若葉を開き、つぼみをつけ、開花し、冬を迎えてまた春を待つ。繰り返される年月のことなのだ。

藤兵衛の思う菊はなんと豊かで広い世界なのだろう。

「ありがとうございます。今、やっと、ご依頼の意図が腹に落ちました」

「そうですか。それはよかった。お願いいたしますね。……ああ、そうだ。年輪羊羹の方も、よろしくお願いいたしますよ」

小萩は藤兵衛の住まいを辞した。

仕事場に戻ると、さっそく紙を広げた。

一つめの菓子は「霜降る」。ふわふわとやわらかなそば薯蕷《じょうよ》の生地を細長く切って粒あんをくるりと巻き、枯れ葉色に染めた煉り切りの木の葉をのせた。冬の凍《い》てつく大地の様子である。

二つめは「春を待つ」。煉り切りで全体を淡い黄色、上になるほうだけ、少し緑を強くする。これを布巾できゅっと絞って、しずくの形に整える。芽吹きの時を待つ木の芽の姿だ。

三つめは「恵みの雨」。型にくちなしで染めた黄金色の錦玉《きんぎょく》を流し、固まる前にイグサを何本も挿す。出来上がってから引き抜くと、降りしきる雨のような模様ができるのだ。

四つめは「穏やかな日差し」。淡い緑のあんを丸め、そこに薄く波打つ錦玉をのせる。透明な錦玉が光を感じさせる工夫だ。

五つめは白い菊の花で、菓銘は「菊花ひらく」。全体に丸く、中央にしべが少しのぞくぐらいに花びらをほどいて、咲ききらない若いつぼみを見せたい。

「ねぇ、これはどうかした？」

小萩は仕事場の伊佐や幹太、留助に見せながら、藤兵衛の家で聞いてきたことを話す。

「なるほどな、土に雨に日の光か。面白いじゃないか」

伊佐が言う。

「色が地味になってしまったけど」

「そのほうがいいよ。ここにない色は、心の中で補ってくれるさ」と幹太。

「ちょっくら、つくってみようかな」

留助が手を伸ばす。

仕事場には煉り切りの生地や粒あんがある。錦玉は寒天を煮溶かして固めるものなので、これもまた手慣れたものだ。霜降るのそば薯蕷の生地だけは蒸し物で、少し手間がかかるのだが、それも伊佐が手早く仕上げてくれた。

半時ほどで五つの菓子がそろってしまった。

「こんなもんかな」

桐箱に五つを並べる。霜降る、春を待つ、恵みの雨、穏やかな日差しが四方を固め、真ん中には菊花ひらくをおいた。

色を抑えた五つの菓子は優雅で品がよく、しかも華やぎがあった。

「きれいだわ」

小萩は思わず声をあげた。

「思ったよりうまくいったな」

伊佐が目を細めた。

「毎度、小萩様の注文が厳しいからさ、俺たちの腕もあがったんだ」

幹太が憎まれ口を利く。

「早く持って行って、見せてやりなよ」

留助が背中を押す。

小萩はさっそく菓子を持って藤兵衛の元を再び訪れた。

菓子を見た藤兵衛は大きくうなずいた。

「ああ、小萩庵さん。そうですよ。こういうものを求めていたんですよ。そうなんだ。これですよ。この通りのものを当日お願いいたしますね」

藤兵衛に何度も礼を言われた。

三

弾んだ気持ちで二十一屋に戻って来た。

浮世小路の角を曲がったところで、隣の味噌屋の手代に声をかけられた。

「今そこで、子供に会ったんだ。聞いたらお宅をたずねて来たって言うんだけど、心当たりあるかい」

「子供？」

「ああ、両国から歩いて来たんだってさ。おたくに仲のいい友達が働いているんだって」

目をやると、清吉と同じくらいの子供がうずくまっていた。やせて手足は細く、顔も着物も泥で汚れている。

「よかったな。二十一屋さんの人だよ」

子供はぱっと顔をあげると、小萩にしがみついた。そして、わぁわぁと声をあげて泣いた。

「両国からひとりで歩いて来たんだ。捨吉《すてきち》が働いているって聞いたから。三吉《さんきち》って名前なんだ」

小さな声で答えた。

捨吉は両国の家にいたころの清吉の呼び名だ。

見世に戻ると、須美が台所から出て来た。

「小萩さん、その子、どうしたの？」

「角のところで会ったんだけど、清吉ちゃんをたずねて両国から来たらしいの」

「両国の？　じゃあ、勝代さんの？」

須美が声をひそめた。

そのとき、三吉はどこから出るのかと思うような大きな声を張りあげた。

「捨吉、捨吉。おいら三吉だ。会いに来たよ」

「三吉？　三ちゃんか」

清吉が姿を現し、三吉に駆け寄った。二人は抱き合い、声をあげて泣いた。

「三ちゃん、どうしていたんだよぉ」

「捨吉ちゃん、淋しかったよぉ」

その後は言葉にならなくて、ただ、ぽろぽろと大粒の涙を流している。

二人の声に仕事場から徹次たちも出て来た。

「どうしたんだ。この子はどこの子なんだ」

徹次がたずねた。

「両国から清吉ちゃんのことをたずねて来たって言ってます」

小萩が答えた。

「両国か。勝代さんのところか」

徹次は眉根を寄せる。

「逃げて来たんじゃねぇのか」

幹太がつぶやく。

「そりゃあ、まずいよ。廓《くるわ》じゃ逃げ出すのはご法度《はっと》だ。折檻《せっかん》される」

留助が言う。

「この子がいたのは廓じゃないだろ」と幹太。

「勝代さんが仕切っているなら同じことだよ」

二人がごそごそと言い合っていると、徹次が声をあげた。

「幹太、番所にひとっ走りして、迷子の子供を預かっているって伝えてこい」

「ほい、来た」

それを聞いた途端、三吉はぱっと清吉から離れて地面に何度も頭をすりつけた。

「お願いだ。おいらを両国に帰さないでくれよ。ここにおいてくれ。一生のお願いだ」

泥と涙で汚れた顔はやせて、目ばかり光っている。よく見れば腕や足にはいくつも痣《あざ》や傷があった。

「どうして、こんなに痣が……」

思わず小萩はつぶやく。

「なにしてるんだ。幹太、早く行け」

徹次が怒鳴り、幹太は駆け出した。

「じゃあ、その間になにかお腹に……」

言いかけた須美を遮って、徹次がぴしゃりと言った。

「何もしなくていい。このまま、ここで待たせておくんだ」

そう言って、三吉のそばに近寄ると、穏やかな声をかけた。

「両国からひとりで来たのか。大変だったな。よく迷わず来た。えらいよ。だけどな、あんたをこのままここに置いておくわけにはいかねぇんだ。あんたには家がある。そこで世話をしてくれている人もいる。あんたはそこに帰るんだよ」

三吉ははっとしたように顔をあげた。大粒の涙をぽろぽろとこぼした。

「帰れば、ひどい目にあうんだ。助けてくれよ。お願いだ」

「おいらからも、お願いします」

清吉が絞り出すような声をあげた。

「あのな。清吉は口入屋《くちいれや》を通してうちに来た。家の人が、この子に仕事を探してくれって頼んだからだ。人が働くためには、そういう手続きが必要なんだ。勝手に飛び出して、ここに来て、おいてくれって言っても、それはできない。あんたには、親代わりの人がいるんだろ。その人の許しがなくちゃだめなんだ。それが世の中の決まりなんだ」

徹次はそう言いおいて、仕事場に戻って行った。

何もするなと言われたが、須美は三吉を井戸端に連れて行き、顔と手足を洗った。白湯《さゆ》を与え握り飯を食べさせた。清吉はそれを手伝い、ずっと三吉のそばにいた。

半時ほどして、報せを受けた勝代が若い手代を伴ってやって来た。男物のような織のしっかりしたえび茶色の着物を着て、丸髷に結っていた。白い顔ははっとするほど整っている。

「うちの子供のことで、大変にお騒がせをしたね。申し訳なかったよ。これからは、このようなことがないようにこっちも気をつける。今日のことは、平にお許し願いたい」

勝代はていねいに徹次に詫びた。

「三吉さん。お迎えが来たわよ」

須美が声をかけたが、三吉は物陰に隠れて震えている。

「出て来い。帰るんだよ」

手代がやって来て、三吉の腕をとって物陰から引きずり出した。

「さぁ、二十一屋のみなさんにお詫びするんだよ。ちゃんと、手をついて。それから勝代様にも」

　手代に促されて三吉は地面に頭をすりつけて詫びた。

「二十一屋様、すみませんでした。勝代様も許してください」

　何度も繰り返す。

　勝代は三吉のそばに寄った。

「お前さん、本当に分かっているのかい」

「うん。分かってる」

「うん、じゃ、ねぇだろ。はい、だろ」

　手代が言う。

「顔を上げな」

　勝代が言い、三吉が体を起こした。

　その途端、ぱあんという乾いた音がして、三吉の体が地面に転がった。

　小萩は息をのんだ。清吉は目をつぶり、耳をふさいでしゃがみこんだ。須美はこぶしを握って体を震わせている。徹次は動かない。伊佐と幹太と留助は黙って見ている。

　三吉は泣かなかった。こんなことは馴れっこだとでもいうように、顔についた泥をぬぐい、感情のない目で座っていた。

勝代は徹次の方を振り返ると、低い声で言った。

「あんたたちの考えている子育てとは、少し違うかもしれない。けれど、これが私のやり方なんだよ。この子は親に捨てられた子供だよ。帰るところはない。昔、どこかの国では、宮殿を追われた子供が菊の水を飲んで七百年の命を得たそうだね。そんなおとぎ話を私は信じない。親のない子供は、いつも腹を空《す》かせている。生きるためになんでもやる。泣き落としも嘘も、かっぱらいも、すりも。しょうがないんだ。だれも助けてくれないんだから。ずるくなって、悪知恵をつけて。根性だって曲がるんだ」

裏庭の隅には紫の菊が風に揺れていた。三吉も清吉も菊慈童なのか。

「だけど、あんたたちだって、親のない子を特別な目でみるだろう。奉公に出て見世の金がなくなれば、一番に疑われるのはこの子たちだ。兄貴分からは、いじめられる。おどおどしていたり、卑屈だったりするからかねぇ。どう転んでも、あんまりいい運には恵まれないんだ。かわいそうだけどさ。私はうちの子供たちに文字やそろばんを教えるんだ。そのことが、今の境遇から這い上がるすべだと気づいて、必死で食いついて来る子がいる。だけど、たいていは根気が続かない。はなから覚える気がない子もいるしね。仕方ないんだ。そういう子はそういう人生を歩くしかない。私にできるのはそこまでだ」

勝代が身を翻《ひるがえ》し、手代が三吉に立ち上がるよう促した。三吉がのろのろと歩き出した。

突然、清吉が走り出し、勝代にすがりついた。大きな声をあげた。

「勝代様。三吉の代わりにおいらを連れ行ってくれ。おいらはここで幸せに暮らした。毎日お腹いっぱいご飯を食べて、暖かい布団で寝た。みんなにやさしくしてもらって、仕事も覚えさせてもらっている。そのことを、三吉はどっかで聞いたんだ。うらやましかったんだよ。どうして、その幸せがおいらで、自分じゃないのかと思ったんだ。だから、ここに来たんだよ」

勝代は清吉の手を振り払い、そのまま、歩いて行こうとした。

清吉はなおも、勝代にすがりついた。

「三吉はおいらの友達だ。だから、おいらは、三吉と代わってやりたいんだ。三吉はおいらにやさしかったんだ。ご飯を分けてくれたこともある。熱が出て、がたがた震えて寝ていたとき、おいらに自分の布団をかけてくれたんだ。とっても寒い夜だったのにさ。おいらはそのとき死にかけたんだ。三吉がいるから、生きられた。その恩を、今、返したいんだ」

勝代は歩みを止め、体を低くして、清吉の顔をのぞきこんだ。

「捨吉。今は、清吉か。お前はやさしい子だね。その上、まっすぐな、きれいな心をしている。どうして、そんな尊い気持ちがもてるのかねぇ」

涙にぬれた清吉の顔をそっとなでた。

「私はお前が、夜、ひとりで文字やそろばんを稽古したことも知っているよ。疲れているから、早く布団に入って眠りたいと思っただろ。だけど、ちゃんと続けたから、読んだり、書いたりできるようになったし、足し算引き算も覚えた。偉かったね。あのとき頑張ったから、今、幸せになれたんだよ。その幸せは自分でつかんだものなんだ。その幸せはあんただけのものだ。ほかの人には分けてあげられないんだ。これからも、その気持ちを忘れるんじゃないよ。そうすれば、あんたは、もっと、もっと幸せになれる」

清吉の背中を押すと立ち上がった。

勝代が歩き出し、手代に手をひかれて三吉も続く。

角を曲がる刹那《せつな》、三吉は清吉を振り返った。

「ちぇ、おめぇ、うまいこと、やりやがったな」

三吉は顔をくしゃくしゃにして甲高《かんだか》い声で叫んだ。嫉妬と憎しみと怒りのない交ぜになった目をしていた。

――生きるためになんでもやる。泣き落としも嘘も。

ならば、さっきの涙は嘘だったのか。みんなに取り入る方便だったのか。

小萩は三吉のやせた小さな背中を見つめた。

そのとき、須美が駆け出して三吉の懐に何かを押し込んだ。

「炒《い》り豆よ。お腹が空いたときに食べなさい。少ししかないけど。これからはね、素直になって、みなさんの言うことを聞くのよ。それで、かわいがってもらいなさい。眠くても、文字とそろばんを毎晩さらうのよ。最初は難しいと思うだろうけど、いつかできるようになるから。分かった？　嘘はだめだから。嘘泣きもよ。ね、お天道《てんと》さんは見ているんだから。いつか、いいことがあるから。必ずあるから。約束よ」

三吉は驚いたように須美の顔をながめ、次の瞬間、のどの奥から、うぉううぉうという叫び声をあふれさせた。三吉は地面に座り込み、ひっくり返り、手足をばたばたとさせながら顔を真っ赤にして泣いた。

いつまでも泣き止まないその様子を、勝代はただ黙って眺めていた。

火の用心と亥《い》の子《こ》餅

一

十月一日は玄猪《げんちょ》の日である。

陰陽五行説《いんようごぎょうせつ》によると『亥《い》』は水の性なので、火災を逃れるといわれている。そのため、茶人たちはこの日、茶室に火を入れ、炉《ろ》を開く。炉開きである。家々も、この日、こたつや火鉢に火を入れる。

上方では亥《い》の子《こ》餅を食べるという習慣があり、牡丹堂でも茶人の注文を受けてつくりはじめた。牡丹堂の亥の子餅は、小豆や栗、ごま、干し柿などを入れた丸い餅で、焼き印で猪の子供である瓜坊《うりぼう》に似せている。

やわらかな餅の中に、こんな風にいろいろな具が入っていたら、おいしくないわけがない。ぷっくらとふくらんだ丸い姿がかわいらしいと人気になって、毎年、楽しみにして買いに来るお客も多い。

玄猪の日を控えたその日、牡丹堂を訪ねて来たのは、日本橋の炭屋、遠州屋《えんしゅうや》の主、七《しち》右衛門《えもん》である。無駄な肉がひとつもないという風にやせていて、色が黒く、鋭い目をしていた。打てば響く、備長炭のようにカーンと澄んだ音がしそうである。

「お宅様は、もう、火鉢に火を入れたのですかな」

奥の三畳に案内すると、七右衛門は言った。その日は底冷えのする寒い日だったので、火鉢に火が入っていた。

「お客様に寒い思いをさせてはいけないので、このお部屋だけは毎年、早めに火を入れさせていただいております」

小萩は答えた。

「なるほど、よい心がけですなぁ。今日日《きょうび》のように急に寒くなりますと、体が縮こまる。ついでに気持ちも縮こまって、財布の紐も固くなる。商家の客間は暖かくしておくのが得策です。炭屋としてもありがたい」

ふと口元をほころばせた。

「よろしければ、まずお茶をいかがでしょうか」

小萩は茶とともに亥の子餅を勧めた。七右衛門は目を細めた。

「ほう、瓜坊か。なかなか、かわいらしい。ちょうど、玄猪の日に合わせて菓子をお願いしたいと思っていたんですよ」

「さようでございますか。ありがとうございます。こちらは、昨年までのものとは少し違いまして、今年、新しくおつくりしたものです」

「うん、うん、なるほど」

七右衛門は亥の子餅を手にすると半分に割った。じっくりと中身を眺める。

「この赤い物は干し柿かな？」

「さようでございます」

「赤い色はちょっとなぁ。火事の火を思い出させる」

干し柿が入るからおいしいのだけれどなと思うが、それは言わない。

「ああ、ごまも入っているのか。飛び散る黒い火の粉が、ちょうどこんな風に見える」

「でしたら、白ごまに変えましょうか」

「いやいや、白ごまはもっとまずい。灰のようだ。それに、栗は皮ごと炒るとはじけるから避けた方がいい」

そんなことを言ったら、入れるものがなくなってしまうではないか。

「どのようなものでしたら、中に入っていてもかまいませんか？」

「そうだな。小豆はいいだろう。小豆は古来、邪を払うと言われている」

餅の中に小豆なら大福である。

気持ちを切り替えてたずねた。

「ところで、お客様はどうして私どもをたずねていらしたんでしょうか」

「じつは、一昨日、突然、占いをしているという者が私を訪ねて来たのだよ。初めて見る顔だったが、身なりもきちんとしているし、人品骨柄も悪くない。長年易学を修めた者だと言った。その男が言ったのだ。近々、このあたりで大きな火事がある。注意せよと」

「その方は、ご近所を回っていらっしゃったのでしょうか」

「いや、最初から私を訪ねて来たと言った。私はみんなを救うことができるからと」

意志の強そうな目で小萩を見た。

「その占い師さんが亥の子餅をご用意せよとおっしゃったのですか？」

「そうだ。花の名がついた見世がいいという。調べたら、お宅があった。牡丹堂に小萩庵。花が二つもあった」

七右衛門は自分の言葉にうなずいた。

「炭屋だから、もとより火の始末は用心の上に用心を重ねている。私は子供のころ、火事にあっているのだ。隣家から火が出た。あのときは、本当に怖かった。火の力というのは恐ろしいものだ。しかも、私のところは炭屋だ。店全体が、大きなかまどのようなものだ。以来、私はなによりも火事を恐れている。家の者たちにも、火の用心について厳しく言っている。私自身、毎晩、この目で確かめている。さらに月に一度は、用心のための訓練を欠かさない」

「訓練といいますと……」

「火事が起こったときに、何をするかを決めてあるのだ。火事というのはだいたい夜中に起こる。みんな寝ていて、暗闇だ。まず、第一に、火事に気づいたものはすぐ大声をあげて、周囲の者を起こす。番頭も手代も、女中たちもそれぞれの持ち場に行き、防火に務める。火が近づいてきたら、決められた物を持って逃げる。どこに逃げて、どこで落ち合うかも決めてある」

「そこまでなさる方はなかなかいらっしゃいませんね」

「まったくだ。世間の人は火事は怖いと言いながら、なにも備えをしていない。私のところでは、大事なものは、いつでも持ち出せるようにまとめている。うん。しかし、ここでひとつ問題がある。大事なものをひとまとめにしておくと泥棒にも狙われやすい」

「はい」

「半年ほど前に、空き巣に入られて、危うく金を盗まれるところだった。その日は先代の七回忌で一日、見世を休んでいたんだ」

「張り紙などをしていたのですか」

「その通り。番頭が気を利かしたつもりで張り紙を出していた。『不在につき、ご用向きの方は明日以降においでください』とね。それでは、まるで空き巣に入ってくださいと告げたようなものじゃないか」

深いため息をつく。

「では、お菓子の件、少し考えさせていただきます。決まりましたらご相談させてくださいませ」

「よろしく頼みますよ」

七右衛門は帰って行った。

仕事場に戻って徹次に伝えた。

「それなら、亥の子餅のことはいったん忘れて、まったく新しく玄猪の菓子を考えるんだな。面白いじゃないか。小萩、考えてみるか」

「はい。やってみます」

さっそく菓子帖を開いている小萩の横に留助がふらりとやって来て、ひとり言のようにつぶやいた。

「その炭屋の旦那は火事を心配するくせに、他人の言葉は信じやすいんだな。大丈夫なのか」

「大丈夫って？」

「だいたい江戸は火事が多いんだ。しかも、しばらく雨が降っていない。火事に注意と言ったら、だいたい当たりじゃねぇか。たつかぁい見料をとられたんじゃないのかい」

「その話は聞かなかったわ」

小萩と留助のやり取りを聞いていた伊佐がくすりと笑った。


夕方、井戸端に行くと、留助や伊佐、幹太と清吉が集まっていた。

「なんかさぁ、小網《こあみ》神社で奉納踊りがあるんだってさ。芸者衆が集まって踊るって聞いたんだ。行ってみないか」

留助がみんなを誘った。

「どういうの？」

清吉がたずねる。

「きれいな着物を着たおねぇさんが踊りを見せてくれるんだ」

幹太が説明をする。神楽の奉納はよくあるが、芸者衆の踊りはめずらしい。

「なんでも、近所の大きな酒屋のご亭主が大厄《たいやく》でその厄落としなんだってさ。結構、人が集まるらしいよ」

小網神社は強運厄除で知られている。

「へぇ、面白そうだな。屋台なんかもでるのかな」

めずらしく伊佐が乗って来る。

「じゃあ、みんなで行こうか。それで、帰りに屋台でなんか食べる？」

小萩が言うと、清吉の目がぱっと輝いた。


小網神社の赤い鳥居をくぐって境内《けいだい》に入ると、小さな舞台が目に入った。すでに人が集まって踊りが始まるのを待っている。小萩たちは後ろの方に立った。

笛や太鼓、三味線が鳴って、五人ほどが出て来た。
十五、六の若い娘たちである。紅をさした顔はまだあどけない。それでも、流れるようなしぐさで踊る。
次は少し年嵩《としかさ》の女で、黒い着物を着ていた。すっと立ち上がると、片手をあげた。なにか突然、違う場所に連れていかれたような気がして、小萩は背中がぞくりとした。だれかを追いかけているらしい。進もうとすると、引き戻される。一人で舞台に立っているのに、見えないだれかがもう一人いるようだった。

女の踊りが終わると、今度は三人の娘たちが出て来た。中央の紅色の着物の娘の顔に見覚えがあった。

「あ、あの人……」

「知っているのか？」

伊佐がたずねた。

「千波さん。前にお客さんのところで一度会った。それから、この前の曙のれん会で突然、部屋に逃げ込んで来て、幹太さんが機転を利かせて助けたの」

「助けたってほどじゃねぇよ」

幹太がぶっきらぼうに答える。

千波は二人の娘より頭半分背が高かった。長い手足をゆったりと泳ぐように動かしている。半身になって身をそらすと袖が揺れ、あたりに金色の粉が散っているような気がした。

観客からため息がもれた。

踊りの腕なら、千波の前の女の方が上だろう。けれど、千波には人を惹きつける何かがあった。それは若さなのか、彼女がもつ特別の才なのか。

お盆のような平らな顔につまんだような小さな鼻で、目と目がすこし離れている。どこか金魚を思わせる顔だ。美人というのとは違う。けれど、不思議な色気があった。

白い指先がやわらかく空を指し、ひらりと落ち、また軽やかに宙を舞う。

三味線と太鼓の音が変わり、踊りは佳境に入った。千波の紅色の着物の裾から白足袋《しろたび》が見え隠れして、細いけれど丸みのある腰が揺れる。空に舞う花びらを表すかのように扇が波打ち、三人の娘たちは連なり、また離れる。

一瞬。優雅に振り返った千波が客席に流し目を送る。

視線は小萩の脇を抜け、まっすぐに幹太に届く。

幹太がはっと息をのんだのが分かった。

千波の唇がゆっくりと動き、何かを伝えたように見えた。だが、それは一瞬のことで、千波はまた何事もないように踊りを続けた。

それから、またいくつか踊りがあったが、ずいぶん人が多くなったので小萩たちは途中で出た。

「腹が減ったな。そばでも食うか」

留助が言う。

「そうだな。そうしよう」

伊佐も答える。

「わーい、おそば？」

清吉が明るい声をあげた。

五人で屋台のそばを食べた。

「しかし、幹太さんが千波っていう芸妓《げいこ》と知り合いだったとはなぁ。隅に置けないね」

留助が言った。

「知り合いってことはないよ。たまたまだ」

幹太が答えた。頬が赤い。

「きれいな人だな。いや、きれいって言うのとは違うな。蒸しあがったばかりの黄身時雨《きみしぐれ》みたいだ」

伊佐が言う。

「うまいことを言うなぁ。うまい具合にひび割れが入って、いい匂いがして、指の痕《あと》がつくくらいやわらかくて、卵の味がするんだ」

留助がうなずく。

「……そんなにきれいかぁ」

幹太が怒ったように言って、そばをたぐった。

小萩はそっと幹太の顔を見た。言葉とは裏腹に幹太は千波に惹かれている。千波も幹太を覚えているようだ。

みんなはそれからしばらく話をやめて、ひたすらそばを食べた。

「たしかにいい女だ。だけど、ああいう女は一筋縄じゃいかないから、近づかないほうがいいなぁ」

留助がひとり言のように言う。

「……いや、俺は別に……」

めずらしく幹太が口ごもったので、留助は、おや、という顔になった。

「たしかに、あの人たちと俺たちとじゃ住む世界が違うな。花柳界《かりゅうかい》の人は、堅気《かたぎ》の人間とは違うんだ」

伊佐が言う。

「芸者さんってこと？」

小萩はたずねた。

「おかみさんや小萩のおっかさんも深川にいたことがあるけれど、それとはまた、違うんだ。あの娘はどっぷり深川の水になじんでいる。深川にあってこそ、輝く娘だ。ほかの世界では生きてはいかれない。俺はそう思う。だから、幹太さん、あの人だけはやめたほうがいい」

留助は真剣な顔で繰り返した。

二

遠州屋の注文の玄猪の菓子はなかなか進まない。

小豆あんと白小豆あんの二種類でつくった亥の子餅を持って行ったが気に入ってもらえなかった。猪の模様を入れた羊羹を作ってみたが、正月のようだと言われた。

困っていたら留助が言った。

「占い師に言われてつくる菓子なんだろ。こっちも、当たるも八卦《はっけ》でいったらどうだ」

「どういうこと？」

「だからさぁ、火伏《ひぶせ》の神様のところに行ってちょいとお賽銭《さいせん》をあげてお願いしてくるんだよ。いい考えが浮かぶ、かもしれない」

たしかに仕事場に座ってばかりでは煮詰まってしまう。留助の考えも悪くない。

火伏の神といえば、なんといっても芝《しば》の愛宕《あたご》神社である。慶長《けいちょう》八年（一六〇三）、江戸に幕府を開いた徳川家康の命《めい》により祀《まつ》られた由緒ある神社だ。

さっそくお参りに行くことにした。

「小萩さん。愛宕神社は男坂《おとこざか》を上った方がいいのよ。出世の階段と言われているから。

それからね、本殿だけじゃなくて、お隣の小さな社《やしろ》も忘れずにお参りするのよ」

須美が知恵を授けてくれた。

男坂というのは、大鳥居から一の鳥居に続く正面の階段のことである。愛宕神社は高台にあるので、本殿に至るには長い石段を上らねばならないのだ。

小萩は見上げるような階段の前でため息をついた。一気に上ることなどとてもできず、途中、二度も休んでやっとのことで一の鳥居にたどりつく。

息がきれたが、振り返れば疲れを忘れるような江戸の景色である。初冬の空は薄青い色をして、目の下にはくすんだ色の屋根が続き、大名屋敷の庭や寺社の森が緑の島のように浮かび、その先には海が光っている。

鮮やかな紅色の丹《に》塗《ぬ》りの門を過ぎ、社殿に至る。賽銭《さいせん》を投げ、「どうぞ、よい知恵をお与えください」と心の中で何度も願う。

須美に言われたとおり、隣に並ぶ太郎坊《たろうぼう》社、福寿稲荷《ふくじゅいなり》社、大黒天《だいこくてん》社にも忘れずにご挨拶をする。

「お守りには、火除《ひよ》け、商売繁盛、縁結びがございます」

緋《ひ》のはかまの巫女《みこ》に言われ、火除けのお守りを買った。

四角い紙に、墨で文字が描かれている。

火除けのお守りそっくりな菓子をつくったらどうだろう。

だが、すぐに気づく。

そういうものを勝手につくってはいけないのだ。

いやいや、待てよ。

そっくりでなくともよいのだ。水の模様。火を伏せるという竜の絵柄。そういうものを組み合わせて菓子にすればよいのではないか。

米も水田で育てるから、水の性と言えるだろう。のり、天草《てんぐさ》……、考えれば水にかかわるものはいろいろある。そうしたもので菓子をつくればいいのだ。

愛宕神社はよい気が満ちているのか、あるいはさっきあげたお賽銭の御利益か、次々と案が浮かぶ。

来たかいがあったと小萩は安堵《あんど》した。

そのとき、どこからか笑い声が聞こえてきた。聞き覚えのある声だ。声のする方に目をやると、男女がいた。

千波である。

粋な細縞の着物に博多帯でくずし島田を結っている。化粧っけのない顔は驚くほど白く、ほっそりとした首筋が目をひいた。通り過ぎる人が振り返る。そこだけ光があたったように輝いて見えるのだ。

隣にいる男に目をやって驚いた。

幹太である。

なぜ、二人がここにいるのか。

見てはいけないものを見たような気がして、小萩は木陰に身を寄せた。

二人は親しげだった。幹太がなにか言い、千波が笑う。また幹太がなにか言い、千波が耳元でささやく。幹太の指が千波の髪にふれる。

はじめて見る幹太の姿だった。

小萩は胸がどきどきしてきた。

いつから二人はこんなに親しくなったのか。

小網神社で踊りを見てから十日と過ぎていないのに。

たとえば相手がお結だったら、小萩は声をかけただろう。三人で茶屋に寄って団子を食べたかもしれない。

けれど、今の二人に小萩は声をかけられない。

逃げ出したのは小萩の方だ。大急ぎで牡丹堂に戻った。

裏口まで戻って来ると、明るい笑い声が聞こえてきた。見世に行くと、紅色の振袖を着たお結が須美と話をしていた。

「小萩さん、こんにちは。おじいちゃんのお使いでお菓子を買いに来たんですよ。幹太さんはお出かけなんですってね。幹太さんに選んでもらおうと思ったのに、残念だわ」

お結が悔しがった。

「……あ、ああ。そうですねぇ。どこにいったんでしょうか」

小萩は自分の頬が染まったのを感じた。あわてて告げる。

「どんなお菓子がお好みですか。亥の子餅もありますよ」

「では、亥の子餅を二つ。生菓子はなにがあるかしら」

小萩は菓子箱の蓋をとって示す。

紅や黄であでやかに彩ったきんとんの「紅葉《もみじ》」、煉り切りで紅色の柿の実に茶色の木の葉を描いた「熟柿《じゅくし》」、白小豆と小豆の二層にした蒸し菓子の「枯れ野」の三種だ。

「じゃあ、紅葉を二つ、熟柿も二つ……」

「この枯れ野は今年、幹太さんが考えて、見世の菓子になったんです。蒸し菓子だから、ふわふわとしておいしいですよ」

小萩がすすめる。

「幹太さんにしては色を抑えているのねぇ」

「そうなんですよ。今は、こういう気分なんだそうです」

「じゃあ、それも二つ。……幹太さん、なにかあったのかしら」

お結がつぶやく。

小萩ははっとしてお結の顔を見た。

いつものおきゃんな様子は消えて、淋し気な目の色をしていた。

お結は、幹太と千波のことをなにか知っているのではあるまいか。

そう思ったが口にはできない。包んだ菓子を供の少女に預け、お結は帰っていった。

小萩は幹太と千波のことを伊佐に伝えておきたかった。二人で帰る途中、さりげなくその話をした。

「今日、愛宕神社に行ったでしょ。そうしたら幹太さんが来たの。あの千波さんといっしょに」

「千波さんって……。ああ、あの、踊りの人か？」

「そう。……なんか、とっても仲が良さそうだった」

伊佐は答えない。

「……なんだか、ちょっと心配」

もう一言付け加えてみる。

「どうして？　お参りに来ていただけだろ」

あっさりと答える。小萩の「心配」の理由に気づいているのだろうか。

「うん。……でも、留助さんも言っていたじゃないの。あの人はやめておいた方がいいって」

伊佐は黙っている。

もう、この話はやめようと思ったとき、伊佐が言った。

「その話、ほかの人には言うなよ。とくに、おかみさんには。よけいに心配をかけるから」

なんだ、やっぱり分かっているじゃないか、と小萩は思った。


しかし、その後、別のところで幹太と千波の噂を聞くことになった。

景庵のお景である。

注文の菓子を届けたとき、お景が言った。

「ねえ。幹太さんも隅におけないわねぇ。吉田屋《よしだや》さんの千波さんと仲良くしているんでしよ」

「どうして、ご存知なんですか？」

「そういうことは、すぐ噂になるのよ。あの千波さんって人は、吉田屋さんの秘蔵っ子でしょう。踊りと鼓が上手で、あの通り姿もいいから、売れっ妓《こ》になるのは間違いないけど、特別なお客さんのお座敷以外は出さないで大事にしているって噂よ」

「そうなんですか。この前、小網神社の踊りを見ましたけど、華があるっていうのか、惹きつけられますよね」

「そうでしょう。お座敷には出ないけれど、そういう場所にちょこ、ちょこっと姿を現すの。でも、お客さんが自分の座敷に呼びたいと思っても、まだ正式な芸者さんじゃないからって断られちゃうの。そういうのって、余計に気になるでしょ」

「そうですねぇ」

「だから、その千波さんが若い男の人と歩いているって、みんな驚いたの。よくよく話を聞いてみたら、牡丹堂さんの幹太さんでしょ。私もびっくり。でも、お似合いよね。幹太さんも、いい男だもの」

「そうですか……」

「あら、そう思わない？」

「いえ、そういう意味じゃなくて」

あれだけ留助が止めたのに、幹太は千波と会っているのか。

ふと、お福の顔が浮かぶ。

「……あの、その話、川上屋のおかみさんもご存知でしょうか」

「たぶんね。お姑《かあ》さんもそういうことは早耳だから」

ならば、もうお福の耳に入っているに違いない。小萩はため息をついた。


大通りから浮世小路に入り、牡丹堂ののれんが見えてきた時、お福の姿があった。見世の中をのぞくように立っている。

「おかみさん、ここで何をしているんですか？　入らないんですか？」

小萩が声をかけると、お福はびっくりした顔になった。

「なんだ、小萩か。大きな声を出さないでおくれよ。幹太がそろそろ出て来るんじゃないのかい？」

「幹太さんですか？　呼んで来ましょうか」

「いいよ。もう、小萩は勘が悪いんだから」

お福は怒った顔になると、小萩の腕を引っ張って小路の先の空き地に向かった。

「幹太は千波って女とつきあっているんだろ。あんたも会ったことがあるんだろ。どんな娘だい？」

「どんなって……。きれいな人です。背がすらっとして色が白くて、踊りと鼓が上手です」

「ふうん。それで、どこで知り合ったんだよ」

小萩は最初は阿蘭陀好みのお客の家で、次に薬食いの席、さらに曙のれん会の寄り合い、四度目は小網神社の奉納踊りを見たことを話した。

「じゃあ、その後、つき合うようになったのか。どっちから声をかけたんだろうねぇ」

「そうですねぇ」

それは本人たちに聞いてみなければ分からない。ともかく、いつの間にか二人だけで会うくらい親しくなったのだ。

「女にもてるところは弥兵衛さんに似たんだね」

お福は一人で納得する。

「それで、おかみさんは幹太さんを待っているんですか？　なにをするつもりなんですか」

「だから、幹太の後をついて行くんだよ。二人で会っているところを見届けたいんだ」

「おかみさん、それはだめですよ。そんなことをしたら、幹太さんが怒ります」

小萩は大きな声で言った。

「だって、向こうは深川の女だよ。吉田屋の秘蔵っ子だって言うじゃないか。あたしは、幹太の祖母だよ。母親代わりなんだ。心配するのが当たり前だろ。それが心配をして何が悪いんだよ」

「心配する気持ちは分かります。だけど、幹太さんは子供じゃないんですよ。おかみさんが二人のことを探っているって知ったら、怒るどころか……、おかみさんのことを嫌いになるかもしれませんよ」

お福ははっとした顔になった。

口八丁手八丁、やり手のおかみであるお福なのに、どうして幹太のことになると周りが見えなくなるのだろうか。

「とりあえず中に入りましょうか」

「いいよ。用もないのに。ちょっと近くまで来たから寄ってみたなんて言えないよ。わざとらしい。幹太は勘がいいんだ。すぐに気がつく」

「じゃあ、室町まで帰りましょうか。私もいっしょに行きますから」

渋るお福の袖を引いて、室町の隠居所に向かった。

初冬の早い夕暮れが迫っていた。

お福は口をへの字に結んでいる。頭の中でさまざまなことがめぐっているらしい。

「徹次さんはそのことを知っているのかい？」

「さぁ、どうでしょう……」

「そうだねぇ。あの人はそうだねぇ。本人に任せるっていうか……。気にしないっていうか……。のんきっていうかねぇ」

荷物を背負った旅人、物売り、二本差しの侍、大通りを様々な人が通り過ぎていく。

「花柳界っていうのは特別な場所なんだ。そこに住んでいる人は、もう、あたしたちとは全然、まったく違うんだよ。千波って子は吉田屋さんの秘蔵っ子なんだろ。深川の水を飲んで育ったんだ。爪の先まで花柳界の娘だ。幹太なんか、体は大きくたって、ほんの子供だよ。そりゃあ、赤子の手をひねるようなもんだ」

さっきはどっちが先に声をかけたのだと言っていたのに、いつの間にか千波が幹太を誘ったことになっている。

室町の隠居所に着くと、弥兵衛が待っていた。

「なんだ、お福、どこに行っていたんだ」

「ちょっとね……」

「幹太のことか。……お前まさか、幹太に直接、ああだ、こうだ聞いたりしてねぇだろうな」

「まさか。そんなこと、しませんよ」

その代わり、こっそり追いかけようとしていました。小萩は心の中で言う。

「そうか。なら、よかった。あの年ごろはな、まわりから、あれこれ言われると意固地《いこじ》になるんだ。俺も覚えがある」

「じゃあ、あなた様は意固地になって、あたしといっしょになったんですか」

『あなた様』と強く言って横目でにらむ。どうも、虫の居所が悪いらしい。

「お前も知っているだろ。ちょうど、あの頃、俺は船井屋本店にいてさ、親方がうちの娘はどうだなんて言ってきたんだ。世話になった親方だからさぁ、俺も困っちまった。だけど、約束した女がいるんだってきっぱり断った。そしたら、どこの女だって話になってさ」

弥兵衛はにやりと笑う。

お福は弥兵衛より六つも年上で、しかも深川の見世で働いていた。

「もう、その話はさんざん聞きましたよ。みなさんが寄ってたかって、お前さんは騙されている、考え直した方がいいって言ったんでしょ」

「ああ、そうだよ。俺の話なんかだれも聞かねぇんだ。頭っから反対する。俺もいい加減腹を立ててさ、『俺の女房なんだ。俺が決めて何が悪い』って啖呵《たんか》を切った。そしたら、それから何も言われなくなった。諦めたんだな。……まぁ、それと同じだってことだよ」

ぽんとお福の肩をたたく。

「だけどね、あのときの弥兵衛さんと違って幹太はまだ、子供なんですよ」

「深川の女とつきあってるんだ。子供ってこたあねぇよ」

「ええっ」

お福の目が釣りあがる。

「じゃあ、なんだって言うんですかっ」

だから、旦那さん、うかつなことを言わないでくださいよと、小萩は心のうちで言う。

「俺が言いたいのはさ、幹太の考え、気持ちってもんがあるんだよ。まわりがどうこう言うことじゃねぇ。当人同士のことなんだから」

しごくまっとうなことを弥兵衛が言うが、お福は納得していないらしい。

「おかみさん。ちょっとお茶でも飲みましょうか。気を落ち着けてね」

小萩がなんとか話に割り込んだ。

「そうそう。ほら、羊羹があっただろ。年輪羊羹。小萩、切ってくれよ。厚くな」

戸棚から年輪羊羹を取り出し、大急ぎで切って皿にのせて勧める。茶もいれた。

「この年輪がさ、きれいにできるじゃないか。よくやったよ。徹次と伊佐が考えたんだってな。小萩も楽しみだな。腕のいい亭主を持ってさ」

ぺらぺらとしゃべる弥兵衛の横で、お福は黙ってひたすら羊羹を食べている。

「幹太さんもいいお菓子をつくっていますよ。小豆と白小豆の村雨《むらさめ》を二色重ねて『枯れ野』っていう菓銘にしたんです。とっても、評判がいいんですよ」

「ああ、そうか。そりゃあ、よかった」

お福の機嫌が少し直ったところで小萩は牡丹堂まで戻って来た。


何日かして、小萩は千草屋に寄った。

「……というようなことがあってね。幹太さんのまわりはなかなか大変なんですよ」

「まぁ、そうなの。たしかに、幹太さんはいい男の人になったものねぇ。女の人がほっておかないわよ」

お文がころころと笑う。

「そうですかぁ」

「そうよぉ。顔立ちもすっきりとした男前だし、気性も真面目一方でなくて、さばけたところもあるし……」

お文はふと、遠くを見る目になった。

「おかみさんは心配でしょうけど、人を好きになるっていうことは、理屈じゃないものねぇ。気がついたら好きになっているわけでしょ。いつ、どこで、だれを好きになるかなんて自分でも分からないわよね。でも、人を好きになるって、楽しいことばかりじゃないから。未来がない人を好きになるのは苦しいから……」

お文の口からこんな言葉が出るとは思わなかった。小萩はまじまじとお文の顔をながめた。

「あら、ごめんなさい。別に私がどうこうってことじゃないのよ。そういうこともあるんじゃないのかなってこと。今の私には見世のことで、もう、頭がいっぱい」

その時、後ろから声がした。

「いやあ、これは、これは。お二人お揃いですな」

山野辺藩の留守居役《るすいやく》の杉崎《すぎさき》である。

「このところ、すっかり寒くなりましたなぁ。知り合いに娘が生まれてたずねるところです。福つぐみがいいと頼まれましてね」

「いつもありがとうございます」

お客と見世の主のやり取りが続く。

けれど、そこになんともいえない温かさがあるのを小萩は感じている。

お文の櫛《くし》が目に入った。

まさかとは思うけれど。

つげの細工物は山野辺藩の名産品であったはずだ……。

「そろそろ、御出立《ごしゅったつ》の日も近くなりましたね」

「まったくですよ。あいさつ回りもあるし、引継ぎもまだ終わっていない。慌ただしいこと、この上ない」

二人の話が耳に入った。

「杉崎様はお国元に戻られるのですか？」

「ああ。まぁ、そういうことだ。留守居役も長くなったのでな、一度、国元に戻って来るようにとお達しがあった。年の瀬になる前に戻ろうと思っている。しかし、これはまだ公《おおやけ》にはしていないので、内密に頼む」

公にしていないことを、なぜ、お文が知っているのか。

思わず二人の顔を見る。

「心配はいらない。私がいなくとも二十一屋さんと山野辺藩とは、今まで通りの取引をお願いしたいと思っている」

「はい。……あ、そうですか。ありがとうございます。じゃあ、私は見世に戻らなければなりませんので、ここで失礼をいたします」

二人を残して戻って来た。

三

七右衛門の注文の菓子の見本ができあがった。

一つは、うるち米の生地を薄くのばして焼いて四角く切り、二枚の間に小豆あんをはさむ。表面には雲の形の焼き印を押した。火伏のお札を頭において考えた。

もう一つは錦玉《きんぎょく》、つまり寒天を使ったものだ。中に小豆こしあんを入れ、渦巻模様のついた型に流して仕上げる。

「なるほど、火伏《ひぶせ》の菓子だな。きれいにでている。面白いじゃないか。先方に見せてごらん」

徹次が言った。

「はい。水田で育つうるち米を使った菓子と、水をたっぷり含んだ錦玉の菓子。火を抑える玄猪の菓子ということを説明してきます」

小萩は遠州屋をたずねた。

台所の脇の座敷に通された。火の気はない。障子も半分開いているので風が通る。座って待っていると、だんだん寒くなった。

玄猪の日まで火鉢に火は入れないのだろう。おとなしく待っていると、七右衛門が足早にやって来た。

「お菓子の見本が出来上がりましたので、御覧いただければと思います」

小萩はさっそく木箱の蓋を開けた。

「おう、これか。うん、うん、なるほど」

しばらくぶりで見る七右衛門の目にはくまができていて、顔色も悪い。頬の肉が落ちてさらにやせていた。

「雲の焼き印を押したほうが、うるち米を使った甘味のあるおせんべいで中は小豆あんです。おひとつ、お味見はいかがですか」

「かまわないのか」

「もちろんです」

七右衛門が手を打つと、女が茶を運んで来た。

冷たい茶だった。

「なるべく火を使わないようにしているんだ」

「それは、火の用心のためですか」

「もちろんだ。いよいよ、火事が近いような気がしてきてね。こういうことは人任せにではできないから、自分の目で確認する。台所と風呂場を見て、炭小屋も見回る。とくに夜は用心しなければならないから、三度は回る」

「三度もですか？」

「見回ってきて、布団に入るけれど、気になって目が冴えてしまうんだ。しばらく我慢しているが、また起きて見に行く」

「おひとりでですか？」

「番頭は寝ているからね。そもそも火事があると言われているのに、どうして、あんなにぐっすり眠れるのか、その気持ちが分からない」

「そうですか……」

分からないのは七右衛門の気持ちのほうだ。

「見回りをされるのは夜だけですか」

「ああ。夜だけだ。私自身は昼はお客の相手もあるし、帳面も見なければならないから、見回りまでは手が回らない」

「では、お客様は昼間はずっと働いていて、夜は何度も見回りに起きるのでしょうか」

「三度だ」

「お疲れではないですか」

目のくまは疲れがたまっているからに違いない。

「仕方ないんだ。私には見世を守る責務がある」

そう言ってこめかみをもんだ。

「このところ、ずっと頭の芯が痛いんだ」

それはちゃんと眠っていないからだ。

小萩でさえ分かる道理を、この見世の者たちはなぜ伝えてやらないのだろう。伝えても聞く耳をもたないのか。

七右衛門がふと首を傾げた。

「どうかなさいましたか？」

「この菓子は砂糖を使っているのか？　全然、甘さを感じない」

そう言った七右衛門の目が暗い。

「そんなはずは……」

突然、七右衛門は胸を押さえてかがみこんだ。七右衛門の背中が波打っている。うぐぐというような、うめき声がもれる。

「どうなさいました」

体を揺すろうとして伸ばした手を止めた。こういう時、安易に触れてはいけないと、どこかで聞いた気がする。

小萩は急いで廊下に出ると、大声で人を呼んだ。

「どなたかいらっしゃいますか？　七右衛門様が大変です」

ばたばたと足音がして女中が現れ、苦しんでいる七右衛門を見てわっと叫び、すぐさま番頭を呼びに行く。番頭が来て、遅れておかみが走って来る。

医者を呼べ、布団を敷け、水を飲ませろと大騒ぎになった。

小萩はそっと遠州屋を辞した。

夕方、七右衛門の娘のお園《その》がたずねて来た。三十を過ぎたくらいか、目元が七右衛門に似ていた。奥の三畳に案内をした。

「先ほどはご心配をおかけして、たいへん申し訳ありませんでした。あの後、すぐにお医者様に来ていただき、事なきを得ました。今はぐっすりと眠っております」

「それを聞いてこちらもほっといたしました。大事にいたらず、よかったです」

「それで、お菓子の件ですが、このまま、お見本の通り、お願いをいたしたいと思います」

丁寧に頭を下げた。

「よろしいんですか？」

「もちろんです。それが本人の希望でございますから。よい玄猪の菓子をお願いいたします。火伏にいたしたいと思います」

お園は静かに、けれどきっぱりと言った。

須美が茶と年輪羊羹を運んで来た。

一口茶をすすって、お園は言った。

「温かいお茶はいいものですね。……それに、この部屋には火が入っている」

「玄猪の日はまだですが、お客様をお迎えする部屋だけは火鉢に火を入れました」

「そうですか。……この調子では、遠州屋の火鉢に火が入るのは、もっとずっと先になりそうです」

「火の用心のためですか……」

「はい。当主が大変、気にいたしますので」

お園はうなずく。

「七右衛門様は夜中に何度も火の始末を確認するとおっしゃっていましたが、今度のことは、そうしたお疲れがたまっていたせいでしょうか」

「それもあると思います。一度決めたことは最後までやり抜く人なので、まわりが何を言っても聞かないのです。上杉鷹山《うえすぎようざん》様を心底敬愛しているのです」

米沢《よねざわ》藩を立て直したことで知られる名藩主が上杉鷹山だ。『為《な》せば成る 為さねば成らぬ何事も 成らぬは人の 為さぬなりけり』という言葉を残している。

「けれど、お医者様には叱られました。そもそも体も心も自分のものであって自分のものではない。意志の力でなんでもできる。思い通りにできると思うことは『驕《おご》り』だと」

「『驕り』ですか」

「人でも、飲まず食わずでは生きられない。何日も眠らずに動くことはできない。そういう風にできている。ちゃんと折り合いをつけていくべきだ。お酒を飲んだり、お風呂に入ったり、あるいは釣りをしたり、お寺参りをするのは無駄なことではない。そうして気分を変えるのは、大事なことなのだと。ところが父はそんな風な、のんびりした時を持たない。持てない。なにがなんでもやり抜くのだと、ひとりで頑張ってしまう。だから、心も体も疲れ果てて、耐えられなくなってしまったのだと……」

「それで、今回のように……」

「ともかく、なるようにしかならないと腹をくくるのが一番だと言われました。でもねぇ……」

お園は遠くを見る目になる。丸髷を結ったお園の横顔は若々しく華やぎがあった。

「私も父に似た気性なので、気持ちがわかるのですよ。私も若い頃、一度嫁いだことがあります。京下りの格式の高いお家でね、朝は誰よりも早く起きて台所に立ち、たくさんいる女中たちとともに働いた。部屋も庭も磨き上げ、ひっきりなしにやって来る客の相手をした。夜遅く、風呂に入るころにはもう、くたくた。でね、いつのまにか、びっくりするほど肉が落ちて、やせてしまっているんですよ。忙しくて、ろくに食事をする時間もなかったから当然なんですけど。でも、そのころは舅《しゅうと》、姑《しゅうとめ》、夫に仕えることが、嫁の務め。できて当たり前。できない自分を責めていたんです。ともかく、毎日、目先のことをするので精いっぱい、追いまくられていてほかのことは考えられないんですよ。……でも、ある日、床から起きられなくなったんです。体が震えて、吐き気がしました。それで……、嫁ぎ先から戻されました」

小萩は驚いてお園の顔をまじまじと見た。

そんな重い話を聞かされるとは思ってもみなかった。ともかく、七右衛門とお園は何事にも一生懸命な頑張り屋だ。ふつうの人の二倍も三倍も頑張って、体の方が音《ね》をあげてしまう。そういう人であるらしい。

「まぁ、ともかく、父も今は火事が怖いという一心でいます。思いつめているのでしょう。少し落ち着きましたなら、湯治《とうじ》にでも誘ってみようと思います」

お園は淡々と語り帰って行った。


何日かして、台所で二人になったとき、須美がそっと小萩に耳打ちした。

「幹太さんね、この頃、出かけて行ったまま朝まで戻らないことがあるみたいなの」

「そうなの？」

「朝、私は一番に台所に入るでしょ。気配っていうか、なんとなく、分かるのよ」

「親方は気づいているの？」

「もちろんよ。だって、同じ家にいるんですもの。気づかない訳ないでしょ。仕事に穴を開けたりしないから、黙認しているのじゃないかしら」

須美は言った。

それから、小萩は幹太のことをなおいっそう、注意して見るようになった。

特に変わった様子はなかった。

朝の大福包みからはじまる仕事も真面目にやっている。新しい菓子をあれこれ考えて徹次に相談し、手が空くと井戸端に来て、留助や小萩を相手に軽口をたたく。

夜、長屋で小萩はさりげなく、伊佐にそのことを伝えた。

「須美さんから聞いたんだけど、幹太さん、このごろ、家に戻らないことがあるらしいの？」

「遊びに行っているってことか」

「そうじゃないの。……あの千波って人に会っているのかしら」

「どうだろうな」

伊佐はごろりと布団に横になった。

「ちゃんと仕事をしているんだから、構わないじゃないか」

徹次と同じ考えらしい。

「……一緒になるつもりかしら」

遠くで犬が吠えている。

「それはないだろう。あの人はいずれ芸者になる人だ」

「……私のおっかさんも昔、芸者だったわよ」

「小萩のおっかさんとは違うよ。小萩のおっかさんは三味線の腕で深川を生きてきた人だ。

千波さんって人は、そうじゃないと思うよ。もっとなんていうかな。……芸者には芸者の約束事があるんだ」

伊佐の言葉は含みが多くて、よく分からない。

「旦那さんが前に言ったんだ。花柳界は夢を売る仕事なんだ。こうあったらいいなぁというような男の夢。あの人は爪の先までその夢でできている」

「きれいっていうこと？」

「それとは少し違うな」

もう、その話はおしまいというように伊佐は小萩の頰をなでた。

翌朝、牡丹堂に行くと、幹太の頰に痣ができていた。

「どうしたの？　転んだの」

小萩はたずねた。

「まあな」

幹太はあいまいに答える。

留助がにやりと笑う。

「いい若いもんが、なんで転んだりするんですか」

言われた幹太は頭をかいた。

昼近くなって井戸端で小萩が洗い物をしていると、幹太がふらりとやって来た。

「今頃になって痛んできやがった」

顔をしかめた。

「本当は殴られたんでしょ？」

「ああ。喜助のやつに」

「喜助さんって、幼なじみの植木屋さん？」

「ああ。お結がかわいそうだからってさ。あいつ、お結のことが好きだったんだよ。だけど、俺とお結が仲良さそうだから諦めたんだってさ。そんなこと今頃、言われたってさぁ」

「……この前も、お結さん、ここに来たわよ。幹太さんのことが気になっているのよね」

幹太は困った顔になった。

「いい子だよ。いっしょにいて面白いし。……だけどさぁ、大店のお嬢さんと俺とじゃ釣り合わねぇよ」

小萩は思い切ってたずねた。

「……千波さんとだったら、釣り合う？」

「もっと釣り合わねぇな」

顔をしかめた。

「だけどさ、惚れちまったから。そういうのは理屈じゃねぇんだろ。俺、分かったよ。惚れるってのは楽しいことばかりじゃねぇんだ。……あの人、芸者になるんだってさ。そう決めたんだってさ。それが一番いいことだって思ったんだってさ」

身請けされるのか。

唐突にそう思った。

「じいちゃんに言われたんだ。花柳界の女たちは夢を商っているんだってさ。つかの間の、美しい夢。それを恋と呼ぶ人もいるけど、それはこっちの世界の恋とは全然違うものなんだ。千にひとつも誠がないなんて言われるけど、誠だの嘘だの考えるほうが野暮なんだ。ただ、自分が見た夢こそは本物だって信じて、ひととき楽しむしかないんだってさ」

幹太はそんな風に割り切れるのだろうか。

小萩は幹太の横顔をそっと眺めた。

「まぁ、どっちにしろ、俺は芸者をあげる身分じゃないもんな。手の届かない世界に行っちまうってことだ」

そう言って幹太は小石を投げた。

その時、仕事場の戸が動いて、だれかが出て来る気配があった。

「今の話は内緒だぜ。だれにも言うなよ。伊佐兄《にい》にもだ」

幹太はふらりとまた、どこかに行ってしまった。

四

夜中に遠くで半鐘が鳴った。伊佐と小萩は寝巻のまま外に出た。長屋の人々もぞろぞろと出て来た。

「どっちの方向だ？」

瓦職人の安造が空を見上げて言った。

「南だね。日本橋の方じゃないのか」

お寅が答える。

「ここんところずっと雨が降ってないからなぁ。地面もなにもかも、からからだよ」

畳職人の八助が言う。

「見世が心配だ」

伊佐が言い、身支度を整えて二十一屋に向かった。今川橋まで来ると、荷物をかついで逃げてくる人がたくさんいた。

「どこですか。どこが燃えているんですか」

小萩は前から来た男に声をかけた。

「魚河岸だよ。河岸から火が出たんだ」

二十一屋のある浮世小路はずっと手前だ。小萩はほっとする。

今度は伊佐が別の男にたずねた。

「火はどうなんだ？　まだ、燃えているのか」

「ああ。燃え広がっている。火消しが来たけど火の勢いは止まらねぇ。この調子じゃ日本橋全部が燃えちまうんじゃねぇのか」

過去には江戸中が燃えるような大火事が何度もあったのだ。

急ぎ足で牡丹堂に行った。

「おう。伊佐も小萩も来てくれたのか。ありがとうな」

徹次が言った。すでに幹太と二人で大事な荷物をまとめ、逃げる準備を始めている。やがて須美、留助、しばらくすると弥兵衛とお福もやって来た。

「河岸から火が出て、品川町《しながわちょう》あたりを燃やしている。火消しも出ているし、風は日本橋川に向かって吹いている。こっちには来ないんじゃねぇのか」

弥兵衛が言った。

「品川町って、遠州屋さんのある方だわ」

小萩は叫んだ。

「遠州屋って、玄猪の菓子を頼みに来た見世か」

幹太がたずねる。

「そう。占いがあたってしまった。私、見て来る」

小萩が駆けだすと、伊佐がいっしょに来てくれた。


浮世小路から大通りにでると、逃げてくる人と火事場に向かう野次馬でごった返していた。南の空が赤く燃えて黒い煙が渦巻いているのが見えた。

人をかき分けるように前に進む。気づくと、市場の近くまで来ていた。赤く燃える火を相手に火消しが動いていた。家と家の間は一尺（約三十センチ）あるかないか、隣の屋根とくっつきそうに建っているのが江戸の町だ。もう何日も雨が降っていないので、地面も建物も乾いてからからで、小さな火の粉がとんでもすぐに燃え移ってしまいそうだ。

ある者は屋根の上で纏《まとい》をふり、ある者は大団扇《おおうちわ》で風を送る。龍吐水《りゅうどすい》で水をかけたり、鳶口《とびぐち》や刺又《さすまた》でまだ火が燃え移らない家を壊している。勢いよく火があがると、一瞬、当たりが明るくなって、屋根の上の火消しの顔が見えた。火消しは唇を真一文字に結んで、纏をふっている。

もくもくと黒い煙があがり渦を巻いて空に上っていく。風は赤い火の粉を巻き上げ、空に散らす。火の粉は雨のように、あたりに降っている。

ごおっという音がして地面が揺れ、はずした雨戸の奥から黒い煙とともに、赤い火が勢いよく噴き出した。それはまるで、焼けた赤い舌のように家をなめた。人々から叫び声があがった。

小萩は思わず隣にいた伊佐の腕をしっかりとつかんだ。

「しっかりしろ。大丈夫か」

伊佐が小萩の体を支えた。

「遠州屋さんはもう一つ、手前の通りなの」

小萩は伝えると、伊佐はうなずき、小萩の手をひいて品川町通りに向かった。

品川町通りにはまだ火は届いていなかった。

暗がりの中で動いているのは、それぞれの見世の手代や番頭や女中たちだろうか。その先に七右衛門の姿があった。

「よいか。訓練した通りにするぞ。火の粉が飛んできても燃え移らないように、屋根に水をかけるんだ。まず炭小屋。そのつぎが見世。最後が住まいだ」

大きな張りのある声で指図をする。

梯子《はしご》をかけて屋根に上る者がいる。番頭や手代、女中たちは一列に並び、水桶を順に手渡す。桶は人から人へと渡り、梯子を上り、炭小屋の屋根に撒《ま》かれた。

ソイヤ、セイヤ。ホイ、ソーレ。

いろいろな掛け声が響く。

無駄のない統制のとれた動きである。よく見れば、列の中にお園も交じっている。

何人かの若い男が大八車《だいはちぐるま》に大きな水桶をのせてやって来た。

「新しい水が来ました」

若者が叫ぶ。

「よし。次は見世だ。水は十分あるぞ。休むな」

ソイヤ、セイヤ。ホイ、ソーレ。ヨイショ、ヨイショ。

掛け声はさらに大きくなった。

「お隣の常盤屋《ときわや》さん。こちらが終わりましたら、そちらの屋根にも水をかけます。少々お待ちください」

「分かった。いや、申し訳ない。こちらもそのように致します。どのようにすれば、よいでしょうか」

「ありがたい。お手伝いいただけますか。見た通りです。水桶を運ぶ。梯子の上から屋根に撒く」

右往左往していた他の見世の者たちも、どうすればいいのかやっと気づいたようだった。すぐに列をつくり、水桶を運びはじめた。

「私も手伝います」

小萩が叫ぶ。伊佐と二人で列に加わった。

気づけば、隣も、隣も、その隣の見世でも同じように水桶を運ぶ列ができている。

「よいですか。これはただ、自分たちの見世を守るということではないんだ。品川町通りで火が止まれば日本橋が助かる。みんなが明日も、今日と同じように暮らせるってことなんですよ」

七右衛門の声が響く。

ソイヤ、セイヤ。ホイ、ソーレ。ヨイショ、ヨイショ。ワッショイ、ワッショイ。

掛け声はさらに大きくなった。

気づくと空は暗さを取り戻していた。火は消し止められたらしい。通りの大方の見世や家の屋根から水がしたたっている。

三々五々と列がくずれ、小萩と伊佐も帰ることにした。

そのとき、一番奥の見世から人目を避けるように男女が出て来た。待合茶屋と呼ばれるような見世で、七右衛門たちが水を撒いている間もおかみが顔を見せただけで、ひっそりと雨戸を閉めていた。

裏からそっと姿を現した女は顔を隠すように薄布をかぶっていた。隣には初老の男がいた。男は馴れた様子で女の腰に腕を回していた。

そのまま人ごみに紛れて帰っていくつもりだったのだろう。

一瞬、風が吹いて、薄布がふくらんだ。その拍子に女の横顔が見えた。

千波だった。

こちらを見た千波と目があった。千波は小さく頭を下げた。

「どうした？　なにかあったのか」

伊佐がたずねた。

「千波さんがいたの。男の人と」

小萩はそれだけを答えた。

「そうか。あの待合にいたのか」

千波はもう芸者に出たのだろうか。本物の深川の女になったのだろうか。

白い横顔を思い出しながら小萩は思った。

火事は無事収まった。

小萩が井戸端で洗い物をしていると、幹太がふらりとやって来た。

「火事の日、千波に会ったんだろ」

幹太が言った。

「さっき、たまたま道で会ってさ、ちょっと立ち話をしたんだ。それで、火事のとき、お宅のお見世の人とすれ違ったって言われた」

「うん。なんか、あの近くにいたらしい」

「そうか。もう、すっかり芸者さんだもんな。化粧も髪も着つけも、みんな変わっちまったから声をかけられてびっくりした」

「そう」

なんと言っていいのか分からないので小萩はあいまいな言い方をした。

「千波は俺に言ったんだ。自分のまわりにはうんと年上の男しかいない。だから、俺みたいな同じくらいの年の男とはあんまり話をしたことがないから、楽しかったんだってさ」

「幹太さんも楽しかった？」

「もちろんだよ。千波は言ったよ。父親やそれよりもっと年上の男から好いてもらえるっていうのは、幸せなことなんだって。それは踊りや鼓が上手だってことよりも、もっと大事なことで、自分を助けてくれるもので、自分の武器なんだって」

「そうなのね」

「だから、不幸だなんて思わないでくれって。これが自分の選んだ道で、その道をまっすぐ進んでいくんだって。これが自分の幸せの形なんだって」

幹太は空を見上げた。

「じいちゃんが言っていたのは本当だな。千波は爪の先まで深川の女なんだ。だから、俺も深川の女との正しいつきあい方をしようと思った」

「夢を見させてもらうってこと？」

「ああ、とびっきりの。楽しい夢だった。短くて、いつか覚めると分かっていたから、余計にきれいに見えたんだろうな。……本当に上等の菓子みたいな娘《こ》だったな。すうっと口の中で溶けて、淡い甘さだけが残るんだ」

一瞬淋しそうな顔になり、すぐに照れたように笑った。

二日ほどして、七右衛門がやって来た。

「先日の火事の折には、見世までいらしていただき、私どもといっしょに水を運んでくださった。誠にありがとうございました」

ていねいに頭を下げた。

「気づいていらしたんですか」

「もちろんですよ。あなたの一言で、ほかの人たちも列に加わってくれた。うれしかった。お世話になりました」

笑みを浮かべた。

「お疲れはありませんか？」

「いやあ、疲れました。夢もみないほどぐっすり眠った。目が覚めたら不思議なほど体が軽い。手足が動く。二十歳は若返ったような気がした」

「それは良いことでございますね」

「ああ。なによりうれしかったのは。私が常日頃から考えていたことをみんなが認めてくれたことだ。これからは隣近所とも相談して、決まり事をつくっておくことにした。火の用心はもちろんのこと、火事になったときどうするか。逃げるのか、守るのか。それらをあらかじめ、決めておく。心構えができていれば、慌てずに動けるから」

「よいことですねぇ。私たちも見習わなくては」

「そうですよ。五日後に寄り合いをする。その時の菓子を注文したい。ざっと五十。玄猪の菓子をお願いする」

「ありがとうございます」

小萩は明るい声をあげた。

光文社文庫

文庫書下ろし
菊《きつ》花《か》ひらく　日本橋《にほんばし》牡丹《ぼたん》堂《どう》 菓子《かし》ばなし㈩
著者　中《なか》島《しま》久《ひさ》枝《え》

2022年9月20日　初版1刷発行

発行者　鈴木広和
印刷　KPSプロダクツ
製本　ナショナル製本

発行所　株式会社 光文社
〒112-8011　東京都文京区音羽1-16-6
電話 (03)5395-8149　編集部
8116　書籍販売部
8125　業務部

落丁本・乱丁本は業務部にご連絡くだされば、お取替えいたします。
ISBN978-4-334-79428-6　Printed in Japan

組版　萩原印刷

光文社時代小説文庫　好評既刊

死顔　鳥羽亮
剛剣馬庭　鳥羽亮
奇剣柳剛　鳥羽亮
幻剣双猿　鳥羽亮
斬鬼嗤う　鳥羽亮
斬奸一閃　鳥羽亮
あやかし飛燕　鳥羽亮
鬼面斬り　鳥羽亮
幽霊舟　鳥羽亮
姫夜叉　鳥羽亮
兄妹剣士　鳥羽亮
ふたり秘剣　鳥羽亮
居酒屋宗十郎剣風録　鳥羽亮
獄門首　鳥羽亮
よろず屋平兵衛　江戸日記　鳥羽亮
姉弟仇討　鳥羽亮
斬鬼狩り　鳥羽亮

秘剣龍牙　戸部新十郎
火ノ児の剣　中路啓太
いつかの花　中島久枝
なごりの月　中島久枝
ふたたびの虹　中島久枝
ひかる風　中島久枝
それぞれの陽だまり　中島久枝
はじまりの空　中島久枝
かなたの雲　中島久枝
あしたの星　中島久枝
あたらしい朝　中島久枝
刀圭　中島要
ひやかし　中島要
晦日の月　中島要
夫婦からくり　中島要
戦国はるかなれど（上・下）　中村彰彦
忠義の果て　中村朋臣